Chara

オタク王子とアキバで恋

香穂里

キャラ文庫

この作品はフィクションです。
実在の人物・団体・事件などにはいっさい関係ありません。

目次

オタク王子とアキバで恋を

口絵・本文イラスト／北沢きょう

序章

すこし想《おも》い出話をしよう。

幼い頃、私はサンタクロースの存在をこころから信じていた。聖なる夜、いい子には素敵なプレゼントが枕元に置かれるのだと父上、母上から教わった。四人の兄上の誰よりも早く目を覚まして勉学に励み、好き嫌いなくなんでもよく食べ、夜も早く寝るようにしていた。

私の生い立ちを知る者ならば、やはりそうなんだねと笑っただろう。

生まれたときから——北欧の豊かな小国、エディハラの第五王子として、国王である父上、妃《きさき》である母上、そして四人の兄上たちから愛されて無邪気に、なんの苦労もなく育った。

だけど、ありあまる富は虚無感を生む。特別なことをしなくても望んだものはなんでも手に入るという状況は、ある意味、ひとが生き延びたいという欲求を削《そ》ぐものなのだろう。

私はまだ二十四歳だ。若いうちにさまざまな経験がしたい。

国王である父上にそう申し出たら、しかめ面をされた。

「なにを言っているのだ、アルフォンス。おまえにはなんの苦労もさせなかっただろう」

「それでは人間的な成長が望めないのです、父上。私はもっと諸外国に出て、見聞を広めたいと思っております」

「外国に行きたいというなら、外交という手段で好きな国を訪れればよいだろう。それならば、SPもつけられるし、私も安心だ」

「そうではなくて」

玉座に座る父上に、くちびるを噛《か》んだ。

そうではないのだ。王子の私が言うことではないけれど、SPなどつけず、自分の判断で、行きたい国に行きたいのだ。

眉根を寄せている私に気づいたのだろう。父上が見事なあごひげをさすりながら問うてきた。

「行きたい国があるのか?」

「はい、我が国とも親交のある日本です」

「日本か……」

北欧の小国であるエディハラだが、IT産業で世界中に名を馳《は》せていた。その関係上、やはりIT技術にすぐれた日本とは長年友好関係にあり、毎年、ホリデイシーズンになると、日本の大使がわざわざパーティに参加してくれていた。その際、日本の有名企業のトップも賓客として訪れていた。

その中に、私が憧れていたゲーム会社があった。

日本は秀逸なゲームを多く生み出すことでも有名だ。

私がちいさかった頃、日本のゲームは大手企業が制作するのが当たり前だったが、ここ近年は違う。バックボーンがなくても、個人が気軽にゲーム制作できるソフトが生まれたことで、一気にインディーゲームが増えた。

個々の才能が感じられるインディーゲームに私は夢中になった。

大手企業がバックについていたら絶対に潰されていただろうちいさなきらめきたち。何百時間も費やさず、短ければ五分、十分程度でエンディングを迎えるゲームもあった。

それらはたいていインターネットで公開されていて、誰でも、どこの国の者でも自由にダウンロードすることができた。

私は日中、王宮で専門の家庭教師とともにさまざまなことを学び、社交的な意味で、乗馬やダンスなども体得した。自由な時間を得られるのは夜、眠る前の一、二時間程度だ。第五王子なのでとくに直接国政に関わる立場ではなかったから、兄上たちとは違い、のびのび過ごすことができたように思う。

自由時間はまず本を読み、活字に触れて満足したところでインターネットにログインし、いろいろなゲームを楽しんだのだ。

「なにゆえ日本に行きたいのだ？」

「かの国の優れたゲーム産業に、じかに触れてみたいのです」

「あれは子どもが遊ぶものだろう」

父上ぐらいの世代にとっては、ゲームはまだまだ子ども向けの玩具《おもちゃ》に映るのだろう。

しかし、私は自信を持って首を横に振った。

「昨今は大人でも充分満足できる作品が増えております。私が好きなゲームに、『HANABI』という作品があります」

「……それはどのような内容なのだ」

「我が国が祝い事の際に打ち上げるような大玉の花火とはまったく違い、手持ちで可憐《かれん》に咲く線香花火というものが日本にはあるようです。『HANABI』では線香花火に火を点《つ》け、静かでこころ落ち着く音楽とともにぱちぱちと燃える様を楽しむのです」

「それだけか?」

「それだけです。ほかのプレイヤーも同時参加することはできますが、文字や音声チャットでの交流はとくにありません。どちらの火が先に落ちるか、競うことぐらいはしますが」

「それのどこがおもしろいのだ」

父上は懐疑的な表情だ。

それは私もわかる。

フリーゲームサイトでつねに上位にランクインしている『HANABI』のサムネイルを初めて見たとき、なぜこのような地味な作品が人気なのだろうと不思議に思った。

だが、実際に遊んでみてその奥深さにすぐに虜《とりこ》になった。

これが、いわゆる日本の「わびさび」というものなのだろう。

素朴で、ちらちらと揺れる火の玉を見つめているとどこかせつなくなる。ゲームだから、燃え尽きてもすぐに次の線香花火で遊ぶことができるが、ネットで検索したところ、日本の線香花火は手持ち花火の一番最後に楽しむものらしい。

打ち上げも賑《にぎ》やかで、最後まで派手に盛り上がる我が国の花火とはまったく違う。

夏の終わりに、海辺や川縁《かわべり》で本物の線香花火を楽しめたらどんなにいいだろう。

そう思いながら、私は毎日ちょっとした隙間時間に『HANABI』をプレイした。

日本ならではの文化に惹《ひ》かれた各国のユーザーも多いらしく、八つあるサーバにはいつも誰かしらいた。ひとりで淡々と遊んでもいいし、見知らぬ誰かと一緒にどちらが先に燃え尽きるか競うのも楽しかった。

外交の場に駆り出されることが多い私は、外からやってくる賓客と話すのがなによりも楽しかった。その国、その国の情報を生きたひとと交わすことができる喜びは、ただひとりインターネットを漂うのとは違う。

日本からの賓客もいた。二年前、我が国のIT企業と提携している日本最大の総合商社、白《はく》報堂《ほうどう》のCEOと会食をともにした際、日本の伝統から始まって現代のオタク文化についてまで幅広く質問攻めし、相手を苦笑させてしまった。

『そんなに我が国を気に入ってくださり、まことに光栄です。殿下が日本にいらした際は、全力でご案内いたします』

『ほんとうですか？　ならば――』

持ちかけた話にCEOは目を丸くしていたが、エディハラの第五王子という肩書きを取り払ったところで多くのことを見聞きしたいという私の熱意が伝わったらしく、『いつでもいらしてください。できるかぎりのことはいたします』と握手してくれた。

父上からは、二十五歳になったら隣国のIT大企業の令嬢と結婚するように、と言い渡されていた。いまの私は二十四歳。自由に動けるのはもう一年しかない。

「父上、私にとって自由に動ける時間はあと一年しかありません。その間に、私に世界を見させてくださいませんか。日本で暮らすのは私の長年の夢なのです。どうか、どうか、一年だけでもお願いいたします」

父上は思案顔をしていた。ここで余計な口を挟んだら事を荒立てそうだったから、私は黙って返事を待った。

たっぷり三分間、父上は考え込み、ようやく渋々といった表情で頷《うなず》いた。

「――そこまで言うなら、許そう。ただし、一年間だけだぞ」

「……はい！　ありがとうございます」

嬉《うれ》しさのあまりそわそわし、私は早々に広間を辞去した。

すぐに、幼い頃より私の世話をしてくれた忠臣のエリックにすべてを打ち明けた。エリックはずっと昔から私が日本へ憧憬《しょうけい》を抱いていることを知っていたから、『なんとか尽力しましょう』と請け合ってくれた。

できるかぎりの準備はした。こころ構えもできている。

私自身が異国で成長していく中で、尊敬する『ＨＡＮＡＢＩ』のクリエイターと懇親を深める。

そのためには、なんでもしよう。

1

目に飛び込んできたのは、ひしめくビル群。どぎついまでのネオンに派手な広告。

多くのひとと車が行き交う大通りを、アルフォンス・エークルンドは秋葉原《あきはばら》駅に隣接しているビルの二階にあるカフェから好奇心旺盛に見下ろしていた。

山々に抱かれた祖国のエディハラでは絶対に見られない光景だ。

四月、日本の空は春らしく穏やかな青だ。エディハラではまだ雪が降ることもめずらしくない時期で、秋葉原の気温はアルフォンスにとっていささか暑い。ジャケットを脱ぎ、シャツの袖をまくってアイスコーヒーに口をつける。王宮で飲むのよりずっと薄い味だが、これもまたいい。おととい日本に到着し、当面の住まいとなる麻布《あざぶ》のタワーマンションから秋葉原まで、スマートフォンで電車の乗り継ぎを調べながらやってきた。

大勢のひとでひしめき合う地下鉄も新鮮だったし、なにより祖国にいた頃から憧れの場所、おたくの聖地とまで言われる秋葉原に来られて気分が浮き立っている。

艶やかな黒髪に黒い瞳の者が多い日本で、透きとおるような白い肌にアッシュブロンドの髪、深みのある青い瞳のアルフォンスはとびきり目立つ存在だ。カフェ内の窓際、カウンター席の端っこに座っていてもときどき視線を感じる。

肩越しにそっと振り向けば、斜め横のテーブル席に座る女性のふたり連れがぱっと頬を染めた。

「うわ、やっぱりかっこいー……」

「気品ありまくり。どこの王子様かって感じだよね」

じつは北欧の小国、エディハラの第五王子だ、という真実は胸にしまっておく。

来日するにあたって、父王であるヨハン・エークルンドを説得するのは骨が折れた。

ただの観光客ではなく、ワーキングホリデーを活用して日本に在住し、働き、見聞を広めたいと素直に打ち明けたところ、ヨハンは、『なぜわざわざおまえが働く必要がある』と至極当然なことを返してきた。

『おまえに苦労はさせたくない。私が言うのもなんだが、五人いる王子の中ではおまえを一番可愛《かわい》がってきたつもりだ。滞在中に必要な資金は遠慮なく言うがいい』

『いえ、それではほんとうの成長には繋《つな》がりません。私は、このまま父上や母上、兄上たちの愛情のありがたみをさほど実感できないまま、妻をめとり、子をなすことができないというだけです』

『なぜだ……なぜいらぬ苦労をわざわざ背負い込もうとするのだ』

『幸福を与えられ続けると、感覚が麻痺《まひ》し、今後、よりよい外交ができるとは思えません。父上は私の外交手腕を見込んで、妻をめとったあとも、私をエディハラの顔のひとつにするおつもりでしょう?』

『ああ、そのつもりだ』

『でしたら、よけいに国を出る必要があります。外の世界を知ってこそ、エディハラの素晴らしさにあらためて気づけます。父上、私はなにも祖国を捨てようというつもりではありません。ただただ、エディハラのために己を試し、知識と力をつけたいだけです』

アルフォンスによく似た端整な顔立ちをしたヨハンは渋い顔をしていたものの、最後にはようやく頷いた。

王子という身分を隠さず来日するとなにかと大騒ぎになってしまうので、必要なひとびとだけに身元を明かし、ヨハンにはこまめに連絡を入れると約束した。

腹心のエリックは月に一度は来日し、アルフォンスの世話をするとともに、日本で第五王子がどう過ごしているかレポートにまとめ、ヨハンに伝えるという役目を負っている。

アルフォンスが日本でスムーズに暮らせるよう、一週間早く来日してマンションの部屋を整えていてくれたエリックは成田《なりた》空港まで出迎えてくれ、『タクシーを使いますか、それとも公共の電車を使ってあなたの住居まで参りますか』と問うてきたので、『公共の電車を使おう』と言った。

ロングフライトで疲労感はあったが、それを上回る高揚感に包まれていた。ひとも、匂いも、色も、なにもかもが故郷とは違う。たった一年間しかいられないのだ。まばたきする間も惜しい。そのことを感じ取ったのだろう。エリックは可笑《おか》しそうに笑っていた。

『殿下がずっと憧れていた国にようやく着きましたね』

『今夜はわくわくして眠れなさそうだ』

『長時間のフライトのあとですから、ちゃんとおやすみください。いきなり体調を崩しては日本を楽しむこともできませんよ』

アルフォンスよりも五つ年上のエリックの言うことには逆らえず、来日したその日の夜はきちんと整理整頓されたマンションでおとなしく眠った。

来日する一か月前からいろいろと忙しかったせいで、思っていたよりも疲れていたのだろう。深く熟睡し、次に起きたときには昼過ぎを回っていた。ゲストルームでやすんでいたエリックはすでに起きており、リビングでコーヒーを飲んでいた。そして、寝ぼけ眼のアルフォンスを見るなり笑い、手早くブランチを用意してくれた。

『私は夕方の便で国に戻ります。殿下、これからの日々に不安や不満はございませんか』

『たぶん、ない』

『ですが、食事や風呂の支度だって自分でするのですよ。洗濯だって。ほんとうに大丈夫ですか？』

生真面目な印象が際立つメタルフレームの眼鏡を押し上げるエリックに胸を張り、『やってみないことにはわからないだろう』と堂々と言ってのけた。

心配そうな顔のエリックを最寄り駅まで見送り、マンションに戻ってきたアルフォンスは大きく息を吸い込んだ。

生まれて初めて、たったひとりきり。

家族も、お付きの者もいない。

麻布のマンションは3LDKとひとり暮らしには充分余裕がある、けれど、その全室を合わせても、祖国のベッドルームのほうがまだ広いだろう。

とはいえ、ひとり暮らしなのだ。無駄に広くても持て余すし、一年暮らすならこれぐらいでちょうどいい。この部屋は高級家具や電化製品があらかじめ設置されているのが助かる。猶予は一年しかないのだから、買い物で時間を潰したくない。とりあえず、当面消費する物はエリックがそろえてくれていたので、クローゼットの中も冷蔵庫の中も問題ない。

そして今日、やっと秋葉原に来ることができた。

──この街に、私の敬愛する方がいる。

まったく新しい花火の楽しさを教えてくれたゲームクリエイターの名は、石原暁斗《いしはらあきと》、まだ二十一歳らしい。大学に通いながらカフェでバイトをしているのだとか。

必要な情報は、祖国にいた頃にエリックが入手してくれた。ゲームのエンディングロールにはたったひとり、「A・Ｉｓｈｉｈａｒａ」としか名前が載っていなかったこともあり、比較的調べやすかったとエリックが言っていた。

これでも一国の王子だ。異国といえど、個人情報を摑《つか》む術《すべ》は身に付けているが、悪用しようと思ったことは一度もない。

事実、暁斗については名前と年齢、いま置かれている環境しか知らない。顔写真はあえて手に入れようとは思わなかった。

暁斗に会ったら、どれだけ『ＨＡＮＡＢＩ』に惹かれたか、直接伝えたい。

スツールから立ち上がり、店の外に出た。

前もって調べたところ、暁斗の勧めるカフェは秋葉原駅から五分ほど歩いたところにあるらしい。スマートフォンでマップをチェックしながら歩き、大通りから脇にそれていくと、目的の雑居ビルがあった。

一階はパソコンショップで、男性客が群がっている。アルフォンスも幼い頃からパソコンに触れていたけれど、このショップの品ぞろえはなかなかマニアックだ。何枚もの薄型液晶が棚に並び、大人の膝丈ほどある大きなゲーミングＰＣもある。

来日するにあたり、愛用しているノートＰＣは持ってきた。

国に戻ったエリックと連絡を取り合う必要があるし、父や母、兄たちに心配をかけないためにも、日本の風景を撮って送りたい。

母や兄たちはアルフォンスのワーキングホリデーに賛成してくれたが、唯一父のヨハンだけは最後まで渋っていた。アルフォンスが末っ子ということもあって溺愛してくれていたのだ。自分の目の黒いうちは手元に置き、いずれは家庭を築かせ孫の顔を見て安心したい、というのが父の願いなのだろう。

恵まれた話だ。それだけに、いまよりもひとまわり成長し、父を感動させたい。父の庇護下《ひごか》にあればなにも迷うことなくのんびりと暮らせるだろうけれど、自分の人生ぐらい、自分で舵《かじ》取《と》りしたい。

ビルの三階まで階段で上がり、古びた焦げ茶の扉の前に立つ。曇りガラスがはめ込まれており、店内の様子は窺《うかが》えない。しかし、かすかに食器の触れる音がする。静かなカフェのようだ。頬のあたりがこわばっているのを感じつつも扉を開けると、からんからんと可愛らしい音が頭上で鳴る。

「いらっしゃいませ」

レジ脇から黒髪を綺麗《きれい》に撫《な》でつけた若い男性が出てきた。白いシャツに黒のベスト、蝶《ちょう》ネクタイ、細身のパンツを身に着けている。やわらかな笑みに釘付《くぎづ》けになり、ついで視線をずらすと、彼のベストの胸ポケットに白いプラスティックの名札がついていた。

【石原】

石原
石原

その名を目にした途端、思わず息を呑《の》んだ。

日本語はしっかりマスターしているので、彼が捜し求めていた石原暁斗なのだとすぐにわかった。

彼だ、彼が憧れの『ＨＡＮＡＢＩ』を創ったクリエイターなのだ。

想像していたよりずっと若く見える暁斗は銀のトレイを脇に持ち、どうかすると挙動不審になりそうなアルフォンスを窓際の席に案内し、メニューを手渡してくれる。

ぱらりとめくったメニューは日本語と英語、中国語が併記されていた。

脇に立つ暁斗を見上げ、目が離せなくなってしまう。深い色をした瞳は大きく、薄めのくちびるにほのかな色気が感じられる。

「もっと……」

「はい？」

――もっとこう、陰にこもっていて話しかけにくいひとなのではないかと勝手に想像していた。ゲームというひとつの世界を創り上げるに至るまでの苦労は計り知れない。『ＨＡＮＡＢＩ』のクレジットには暁斗しか表示されていなかったから、ほかにスタッフはいないのだろう。ゲームのテーマも、制作そのものも、こころに残るＢＧＭもすべていま横にいる暁斗がひとりで創ったのだと思うと、あらためて感動する。

考え込むアルフォンスに、「大丈夫ですか」と声がかかった。

うっかり物思いに耽《ふけ》ってしまった。

さっきのカフェではドリンクしか飲んでいなかったし、今日はまだなにも食べていない。メニューのうしろのほうにはフードの写真もいくつか並んでいたので、喉がからからになるのを感じつつもひとつ咳《せき》払いをし、「——あの」とかすれた声で暁斗に話しかけた。

「腹が減っている。あなたのおすすめの料理があれば、ぜひ教えてほしい」

すこし上擦った声に暁斗は目を瞠《みは》り、それからにこりと笑った。

「日本語、お上手なんですね。僕のおすすめは、ハムエッグのホットサンドとライムスカッシュです。酸味が苦手じゃなかったら、ぜひ。とても美味《おい》しいですよ。ホットサンドにはサラダもついてきて、ボリューム満点です」

接客商売だけあって、はにかむ暁斗の笑顔は百点満点だ。

「では、それでお願いしよう」

「かしこまりました。お待ちください」

一礼して暁斗が去っていく。その華奢《きやしや》な背中がカウンターの向こうに消えるまで見送り、ほっとひと息ついた。気づかないうちに手のひらがうっすら汗ばんでいた。

暁斗が再び姿を見せ、水の入ったグラスと、おしぼりを置いていく。

ありがたくおしぼりを手に取ると、温かい。指先まできちんと拭い、水を飲む。やはり気が張り詰めていたのだろう。あっという間にグラスを空にすると、すぐさま暁斗が水を注《つ》ぎに来てくれた。

いまがチャンスだ。話しかけたい。親しくなるきっかけを作りたい。鼓動が高鳴り、自分でも恥ずかしい。

「石原さん、というんだな。差し支えなければ、下の名前を伺ってもよいだろうか」

「あの」

唐突な問いかけに暁斗が困っているのがわかったから、とびきりの笑みを浮かべた。

「申し遅れた。私はアルフォンス・ファルクマン。ワーキングホリデーで北欧の小国からやってきた」

出会って間もない彼に、エークルンドという名を明かすのはためらわれた。スマートフォンで検索すれば、アルフォンス・エークルンドがエディハラの第五王子だとばれてしまう。

正直に身元を打ち明けたら、暁斗を緊張させるだろう。それは本意ではないし、肩書きのないアルフォンス、というただひとりの男として暁斗と向き合いたかった。

「ワーキングホリデーで……」

「幼い頃から日本が大好きで、ずっと訪れてみたいと思っていたんだ。日本の魅力を存分に知るためなら、ただの観光ではなく、一年だけでもこの地に足を着け、働きながら、たくさんのひとと親交を深めたいと思っている」

「……なるほど」

最初は怪訝《けげん》そうな顔をしていた暁斗だったが、アルフォンスの真摯な声に嘘《うそ》はないと悟ったのだろう。

「石原暁斗と申します」

「暁斗さん……とても素敵な名だ。こちらのカフェには長く勤めているのか」

「そうですね。大学入学をきっかけに入ったから、もう三年になります」

「私のようなおかしな客の相手もたまにするだろう。驚かせてすまない。日本の方と話せるのが嬉しかったので」

「いえいえ、僕なんかでよければ」

店内を見回せば、客は自分ひとりだけだ。奥に細長いカフェはボリュームを絞ったクラシックが流れている。

暁斗がとどまってくれていることをありがたく感じながら、もうすこし踏み込むことにしてみた。

「私は二十四歳だが、暁斗さんは？」

「二十一歳です。アルフォンス……様は僕よりずっと立派な大人に見えますね」

様づけされたことに苦笑し、「さん、で構わない」と返す。

「東洋の方はいつまでも若々しくて羨ましい。それに、艶のあるその黒髪や、陶磁器のような肌、深みのある瞳も私からしてみればすべてが美しい」

事実を言ったまでなのだが、暁斗はぱっと顔を赤らめる。日本人は賛辞の言葉や愛情表現が不得手だと聞いて知っていたが、ほんとうのようだ。

「ありがとう、ございます。そこまで褒められるほどのものではないです。僕なんかよりもっと綺麗で素敵なひとは大勢いますよ」

謙虚な姿勢も好ましい。もじもじしているところがなんとも可愛いと微笑《ほほえ》んでいると、カウンターの奥から出てきた初老の男性が「暁斗くん」と声をかけてくる。

「ホットサンドとライムスカッシュ、できたよ」

彼がここの店長のようだ。

「はい！　アルフォンスさん、いま、お持ちしますね」

いったんはその場を離れた暁斗が、銀のトレイを持って戻ってくる。

「お待たせしました。ホットサンドとライムスカッシュです」

「これは美味しそうだ」

できたてのホットサンドは斜めにカットされていて、あふれんばかりのスクランブルエッグとハムが挟まれている。

先にライムスカッシュを飲んでみると、レモンスカッシュとはまた異なる爽やかさがあって、癖になりそうな味だ。

トマトとフリルレタスのサラダをひと口食べ、次にホットサンドにかぶりついた。こんがり焦げ目がついたホットサンドは分厚くて、食べ応えがある。

「暁斗さんの言うとおりだ。とても美味しい」

「お口に合ったらよかったです」

ほっと胸を撫で下ろしている暁斗ともっと話がしたい。『ＨＡＮＡＢＩ』の感想が言いたい。

けれど、ゲームのクレジットには「Ａ・Ｉｓｈｉｈａｒａ」としか表示されていなかったので、いきなり、「あなたが『ＨＡＮＡＢＩ』を創った石原暁斗さんでしょう」とぶつけるのはためらわれた。初対面でそこまで突っ込んだらさすがにあやしまれるだろう。

とりあえず、今日のところは暁斗がこのカフェに勤めていることを確認できただけで嬉しい。

「暁斗さんは毎日ここにいるのか」

ホットサンドを食べ終えた皿を下げに来た暁斗に聞くと、「いえ」と彼が首を横に振る。

「月、水、金の三日間です。あともうひとりバイトがいるんですけど、彼の都合がつかなかった場合は土曜も出ることはありますが」

「このお店のおやすみは？」

「日曜が定休日です」

ということなら、まず、月、水、金の三日間はかならずここに顔を出そう。

そしてすこしずつ距離を縮めていくのだ。

どうしたら『ＨＡＮＡＢＩ』のファンだと自然に伝えられるだろうか。

あれこれ思案している間に、ライムスカッシュも飲み終わってしまった。ドリンクを追加注文してもいいのだが、暁斗とは出会ったばかりだ。

いぶかしく思われないうちに、ここは潔く立ち去ったほうがいい。

紙ナプキンで口元を拭い、立ち上がった。その気配を察したのだろう。暁斗が「ありがとうございます」とレジ台の前に立つ。

支払いを終えたものの去りがたくて、ジャケットの胸ポケットから上等なカーフでできた名刺入れを取り出し、そこから一枚、硬い紙を抜く。

「受け取ってほしい」

「名刺？」

「ああ。私が日本に来て初めて言葉を交わしたのが暁斗さん、あなただ。もし、迷惑でなければ、またここに来てもいいだろうか」

名刺には、アルフォンスの名と、日本にいる間使うスマートフォンの電話番号、メールアドレスが記されている。

「いいんですか、僕が受け取っちゃって……」

暁斗はものめずらしそうな顔で名刺の表裏を何度もひっくり返している。

「今日はありがとう。またかならず、来る」

「こちらこそ、ありがとうございました」

すこし曖昧な微笑を浮かべつつも、暁斗が頭を下げ、送り出してくれる。
外に出ると、店の中の静けさが嘘のような喧噪《けんそう》が待っていた。
いいスタートが切れただけでも喜ばしい。
まだ胸が甘酸っぱく鳴っていることに苦笑いしながら、駅に向かって歩き出した。

2

月、水、金曜に暁斗《あきと》のいるカフェ『雲《くも》』へ通う日々が始まった。それは、同時に日本に馴染《なじ》む毎日であることも意味する。

来日して十日ほど経《た》った頃、いつもどおり朝早く目を覚まし、熱いシャワーを浴びたアルフォンスはバスローブを羽織ってベッドルーム内にあるクローゼットの扉を開けたところで、顔をしかめた。

「まずいな、洗濯をしなければ」

アルフォンスが麻布のマンションで独り暮らしをすると決めたとき、腹心のエリックがクローゼット内を使いやすくきちんとそろえていてくれた。王室にいた頃は着替えも食事もひと任せだったけれど、いまは自分ひとりでこなす必要がある。

シャツやジャケット、スラックス類は一週間に一度、業者が来てクリーニングしてくれる。部屋の掃除も同じように、毎週全室を掃除してくれる専門業者がいる。

だから普段は最低限のことをすればすむのだが、なにせこの間まで王子の身だ。洗濯機ひとつ取っても、取り扱い説明書をにらめっこしておそるおそるボタンを押すといった具合だ。まだ、ナイフや包丁といったシンプルな道具のほうが扱いやすい。

王室にいた頃、よく兄たちと森へ狩りに行った。狩猟は幼い頃からたしなんでおり、自分の獲物は自分でさばくことも教わった。

だからこそ、最新の家電製品にはたじたじだ。すべてが電化され、ボタンをひとつぽんと押すだけで洗濯ができたり、食べ物を温められたりするのはありがたいことなのだが、なんらかのきっかけで爆発するかもしれないと毎回どきどきしてしまう。

とりあえず、引き出しを開け、新品の下着類を取り出して身に着け、綺麗なシャツやスラックスをまとう。これでシャツのストックはゼロだが、明日には業者が洗い立ての服を持ってきてくれるから大丈夫だ。

しかし、下着やタオル類は自分で洗う必要がある。

毎日着替えるたびに、なんとも思わずに下着を脱いでは籠に放り投げていた。それを綺麗に洗うのも、畳むのも、自分の仕事だということが頭からすっぽり抜け落ちていた。

「これだから王室育ちは」

ひとり苦笑し、サニタリールーム内に設置された洗濯機の前に立つ。取り扱い説明書を読むかぎり、色物と白物、はたまた下着類とタオル類は分けて洗ったほうがいいようだ。

洗濯から乾燥までこの一台でこなしてくれることに感動を覚えながら、ひとまずバスタオルやフェイスタオルといったものを洗濯機に押し込み、液体洗剤を投入口に流し込む。

電源を入れると、ピッ、と可愛らしい音とともに電光パネルが表示された。

二十四年生きてきて、初めての洗濯だ。

うっかり変なボタンを押さないよう、説明書を熟読したのち、これだというメニューを表示させてスタートボタンを押す。しばらくすると水が注ぎ込まれる音が響いてきたことにほっとし、その場を離れた。

今日は昼過ぎに『雲』へ行こうと思っている。

頻繁に足を運んでいるのと、『雲』がちいさなカフェだということもあって、暁斗はアルフォンスの顔と名前をすぐに覚えたようだ。一度目の来店のあと、二日後に『雲』に行ったところ、「あ」と暁斗が顔を輝かせていた。

「アルフォンスさんですよね。いらっしゃいませ」

あの声を聞きたくて、今日も飽きずに『雲』へと行くのだ。

その前に軽く腹ごしらえをする必要がある。王子時代から朝食はしっかり取るほうだったので、日本に来てからも、簡単な料理だったら自分で作ることにしていた。外に出ればスーパーやコンビニがそこら中にある。腹が減ったら外食で手間を省くのもありだろうが、いまのところそこまで時間に追われているわけではないし、自炊もやってみると結構楽しいものだ。

冷蔵庫からたまごとウインナーを取り出す。パンを二枚トースターにセットして、スイッチを入れる。たまごを溶いて熱したフライパンに広げてささっとスクランブルエッグを作り、ウインナーもすこし焦げ目がつくぐらいに焼き上げた。

チン、と可愛い音を立てて飛び出したトーストを斜めに切って皿に載せ、フリルレタスとトマトも添えれば、立派な朝食のできあがりだ。

ミルクをグラスに注いでダイニングテーブルへ運び、作ったばかりの料理を前に両手を合わせる。

「いただきます」

日本人は食事前、こう挨拶するのだと本で読んだ。

ジャムとバターを塗ったトーストはさくさく、中はもっちりしていてなんとも美味しい。米はともかくとして、パンについては自国の物がいちばんだと思っていたアルフォンスの思い込みを吹き飛ばしてくれたのが、コンビニで売っているちょっとお高めの食パンだ。厚切りで、トーストにすると甘みが出てくせになる味だ。

今度、エリックが来日したら、真っ先にこの食パンを食べさせてやろう。彼もなんだかんだ言って豊かな王室暮らしだ。エディハラにもコンビニはあるけれど、あえて足を踏み入れたことはないし、夜十一時を過ぎれば閉まる。

『二十四時間、いつ行っても買い物ができます』

エリックにそう聞かされてどれだけわくわくしたことか。

実際に日本に来てマンションに腰を落ち着けたあと、最初に出かけたのは近所のコンビニだ。狭い敷地をうまく使って商品をぎっしり並べている様子に、内心歓喜の声を上げた。無駄遣いはしないと誓っているが、どこかのコンビニにふらっと立ち寄るのが日課になっている。それだけアルフォンスのこころを捉えたのだ。

日本というのは、ほんとうによくできている。ちいさな島国だが、南と北とではまるっきり風景が変わるし、言葉のイントネーションも違う。アルフォンスが学んだのは標準語だが、関西弁というものにも憧れている。日本にいる間、遠出できるといいのだが。

ひとまずいま念頭に置くべきなのは、暁斗とどう距離を詰めるかということと、自分の就業についてだ。

ワーキングホリデーで来日、というのはあくまでも表向きの言葉ではあるけれど、無職で一年過ごすつもりはない。自分の食い扶持ぐらい自分で稼いでみせる。

ネットに強いアルフォンスは数年前からデイトレーダーとして確実な資産作りをしていた。いつか日本に行くとなったとき、王室にすべて頼りきり、というのがいやだったからだ。

このことは、エリックしか知らない。ほかのひとが耳にしたら、変わった王子だ、いつかエディハラを捨てるのか、と疑《うたぐ》られかねないからだ。とくに父には心配させたくなかったので、そっと自室で世界の株の動きに注目していた。

おかげで、四、五年は働かずとも楽に暮らしていける資産ができたが、それは保険として取っておき、日本ではあらためて仕事に就きたいと考えていた。

王子としての公務ではなく、アルフォンスが得意とする分野での仕事とはなにか。エリックとふたりであぁだこうだと頭をひねり、ここだと決めてからは話が早かった。

勤め先には、来月から顔を出すことになっている。

仕事が始まったら、昼日中に『雲』へ寄るのも難しいだろう。だから、いま、できるかぎり通っておきたい。

食べ終えた食器を片付け、洗濯機が順調に回っているのを確かめて、トートバッグにノートPCを詰めて外に出ることにした。

日本の四月は心地好《よ》い日が続く。空気はやわらかく、うっすらと花の香りを漂わせる。アルフォンスが来日してすぐの頃は、まだ街のそこかしこで桜が咲いていた。

ひらひらと薄白い花弁が風に乗って、ネオンが輝く都会に舞い散る風景は幻想的で、いつまで見ていても飽きなかった。都心でこれだけ綺麗なのだから、自然の多い地方だったらもっと感動的なのだろう。

いつか行ってみたいものだなと考えながら秋葉原へと向かう。

平日の昼過ぎでも、相変わらず人出が多い。なのに、路地裏のビルに入っている『雲』は、嘘みたいに静かだ。

今日もからんからんとベルを鳴らして店の扉を開けると、「いらっしゃいませ。アルフォンスさん、こんにちは」と声がかかった。

　思ったとおり、暁斗だ。最初に会ったときよりも、笑顔がやわらかい。アルフォンスがせっせとまめに通っているからだろう。店にいるのは一時間か二時間そこらだ。途中、飲み物を追加注文して、ただの長居する客ではないように感じさせるのも大事だ。

すっかりなじみとなった窓際の席に案内してもらい、メニューを受け取る。

『雲』はちいさな店構えながら、なにを飲んでも食べてもびっくりするほど美味しかった。

　カウンターの奥に引っ込んでいる初老の店長がすべて作っているのだとか。

「今日は、このナポリタンというのと、ドリンクは……ライムスカッシュで」

「かしこまりました。ライムスカッシュ、気に入ってくださって嬉しいです。美味しいですよね、あれ」

「ああ、私の国では味わえないものだ。日本はどこに行っても美味しいものであふれているな。さすが、美食の国と言われるだけのことはある」

「うちは店長が料理上手なんですよ。表通りに出店していればもっとたくさんのお客さんが来ると思うんですけど、そうするとさばききれないし、料理の味が落ちるからって、こういう目立たないビルで経営しているんです」

「なるほど、それも美学のひとつだ。『雲』に惚《ほ》れ込んだひとは親しい者だけにここの存在を教えて、ひっそり輪が広がっていく。物事を長く続けていくうえで、大切なことだ」

「ですね」

　笑顔で頷き、暁斗はカウンターの向こうへと戻っていく。

　それを見届けてから、ノートＰＣをテーブルに出し、起動する。

　無料Ｗｉ－Ｆｉを使ってネットに繋ぎ、毎日通っているサイトを表示させる。そこは、個人のクリエイターが自由に自作ゲームを投稿できる場所だ。メガヒット級の人気をたたき出したクリエイターは大手メーカーがスカウトすることもあるため、ゲーム好きなら、制作者もプレイヤーもよく知っている有名サイトだ。

　暁斗が創った『ＨＡＮＡＢＩ』とも、ここで出会った。彼がその作品を投稿したのは約一年前のことだ。フリーゲームということもあって多くのひとが遊んだらしく、長いこと、人気ランキングトップテンに名を連ねていた。

　星の数ほどあるフリーゲームの中でなぜ『ＨＡＮＡＢＩ』が人気を呼んだのか。それは、シンプルなサムネイルと、誰でも気軽に遊べる操作性のよさだろう。

　十人ほどのひとがいるアジアサーバにログインすると、漆黒の闇に、ぽつんと長細い花火が映る。画面の真ん中には火の点いたろうそくが置かれており、花火を近づけていくと、先端に火が点くという仕組みだ。

　じじじ、と小気味よい音をイヤフォンで聞きながら、花火の先端が赤く、丸く、ふくらんでいくのを見守る。ちらちらと可憐な火花を散らす様がなんとも愛らしい。

夢中になって画面を見つめていると、「……あ」とかすれた声が聞こえた。

振り仰げば、暁斗だ。料理を運んできた際に、アルフォンスのノートPCのモニターが目に入ったようだ。目を丸くし、画面の花火に釘付けの暁斗にどう声をかけようか迷った末に、正直に打ち明けることにした。

「好きなんだ、このゲームが。いろいろな作品で遊んできたが、この『HANABI』のようにシンプルな設計だからこそ味わい深いという作品はなかなかない。花火が散っていくグラフィックもとても美しい」

「ほんとですか？　ほんとにそう思います？」

暁斗がすこしずつ身体《からだ》を近づけてくる。

「こころから。これが課金制じゃなくて非常に残念だ。こんなに素晴らしい内容なら、お金を取ってもいいのに」

「そんなに言ってもらえるほどのものでは」

照れくさそうにしている暁斗が好もしい。自ら『HANABI』制作者だと明かしているような態度に微笑み、「暁斗さんも」と話しかけた。

「ゲームは好きか？　この作品、プレイしたことはあるか？」

「あるっていうか……その」

口ごもっている暁斗はそわそわした様子でカウンターの奥を何度か振り返る。店長は引っ込んでいるし、新しい客がやってくる気配もない。

暁斗が身体をかがめ、そっと耳打ちしてきた。

「そのゲーム創ったの、僕なんです」

「ほんとうに？」

とうに摑んでいた情報だが、本人から聞かされることには思っていた以上に胸が弾む。

声が上擦り、アルフォンスを一国の王子からただの一ファンにしてしまう。

「アルフォンスさんみたいな海外プレイヤーもいるんですね。とても嬉しいです、ありがとうございます」

「礼を言うのはこちらだ。こんなに繊細な花火を見たのは初めてだ。私の国で花火というと、お祭りや式典の際に打ち上げる大型の単色遣いのものばかりなんだ。この『ＨＡＮＡＢＩ』をきっかけにいろいろと調べたら、日本の花火はいろんな色を混ぜ込んだり、形もユニークだったりして、見応えがあるな」

「そうなんです。僕、大がかりな打ち上げ花火も好きだし、夏場にコンビニやスーパーで売ってる手持ち花火も大好きなんですけど、なかでも特別なのが、この線香花火なんです。だいたいの日本人は派手な色つき手持ち花火やロケット花火、パラシュート花火にねずみ花火と遊んでいって、この線香花火で締めくくるんですよ。先に火玉が落ちたほうが負け。最後まで残っていたほうが勝ち」

「やはり競争ものなのか？」

不思議に思って訊《たず》ねれば、暁斗はくすっと笑って肩をすくめる。

「なんとなく競う感じになりますね、実際に遊ぶと」

「おもしろいな。ぱちぱち弾《はじ》ける音がなんとも可愛らしい」

暁斗が見守る中、マウスを操作してモニター内の線香花火をろうそくに近づけていくと、じりっと先端が焦げて火が点く。

赤い火花が散る様を黙って見守るのも風情があるが、無邪気に振り回すのも楽しい。そのうち、画面内にもう一本線香花火が現れる。ほかのプレイヤーが来たのだ。その者も線香花火に火を点けた。

なんとなくいたずらごころが湧き起こり、右に左に線香花火を揺らしてみる。遊びに来たプレイヤーはアルフォンスの動きを見守っているかのようだ。最初こそじっとしていたものの、そのうちアルフォンスの動作をまね、右に揺れればあとを追ってきて、左に揺れたときも楽しげについてくる。

くるくる線香花火を回すと、もうひとりのプレイヤーも同じように回る。

思いつきのシンクロは暁斗をいたく喜ばせたようだ。

「うわ……、なんか感動します。こんなふうに実際に遊んでもらえている場面を見るのって、初めてです」

嬉しそうに言う暁斗が身体を寄せてきて画面をのぞき込む。

かすかなぬくもりが伝わってくることにも胸が躍る。

「ただ線香花火で遊ぶってだけの内容なんですけど、実際目の前でプレイしてもらえるのってめちゃくちゃ嬉しいです。ありがとうございます」

「私のほうこそ礼を言わなければ。これほど繊細な花火が日本にあると知って、この国に興味を抱くことができたんだ。日本にはまだまだ素敵な文化がありそうだな」

「はい、それはもうたくさん」

顔をほころばせる暁斗が、懐かしそうな目で画面を見やる。

「これ、もう一年前にリリースしたものなんですよね。いまでも遊んでくださるひとがいるなんて思わなかった」

「地味かもしれないが、大作にはないぬくもりが感じられる。無心になって花火で遊ぶという作品もそうそうないから、コアなファンに愛されているのだろうな。私もそのひとりだよ。いまは新作を創っていないのか？」

アルフォンスの尊大な口調に気を悪くするでもなく、暁斗は眉を曇らせ、口を濁す。

「創っていることは創っているんですけど、なかなか自信がなくて、公開までには踏み切れなくて……」

「それは興味深い。差し支えなければ、今度ぜひ開発中の作品を見せていただけないだろうか。

もちろん、秘密厳守にする」

熱っぽく誘いかけたのが功を奏したのだろう。暁斗はすこし困った顔をしていたが、やがて、「……ですね」と頷く。

「誰かに見てもらったほうが公開に踏み切れそうですね。でも、ここに機材を持ってくるわけにはいかないし」

思案する暁斗が、「そうだ」と顔を上げる。

「出会って間もないあなたにこんなことを頼むのは失礼かもしれませんが、もしお時間に都合がつく日があったら、その、……うちに、来てもらえませんか？」

まさか彼のほうから誘ってくれるとは思わなかったから、素直に驚いてしまう。

こんなにも早く接近できるとは。憧れのクリエイターと話せるだけでも充分嬉しいのに、自宅に招かれるとは。

「いいのか？ 迷惑じゃないか」

「大丈夫です。僕、仕事柄いろんなひとを見ていますが、アルフォンスさんは悪いひとじゃありません。なにより日本やオタク文化に興味を持ってくださっている。そのことがとても嬉しいんです。ぜひ、今度いらしてください」

「わかった。では、連絡先を交換しよう」

互いにスマートフォンを取り出し、メッセージアプリのＩＤを教え合う。

「早速ですが、今度の週末、土曜日の昼にでもうちにいらっしゃいませんか。お茶をごちそうしたいですし、そのあと僕の作品もお見せします」

「夢のようだ……」

けっして誇張ではなかった。実際、胸がとくとくと高鳴っている。

「なにかお土産を持っていくとしよう」

「いえいえ、お気遣いなく。狭い部屋でお恥ずかしいんですけど」

そのときちょうど、店に新しい客がやってきた。暁斗は「じゃ、土曜日に」と微笑んで立ち去っていく。

今日は水曜日。あと三日、そわそわしっぱなしになりそうだ。

3

当日は早朝から目を覚まし、熱いシャワーを浴びて念入りに準備したあと、落ち着きなく朝食を口にした。その後もうろうろと二度ほど散歩に出かけ、ようやく出かける時間になったときにはほっとしたものだ。

前もって買っておいた土産を手に、スマートフォンのメッセージに書かれた住所を目指した。

時刻は十三時。五分前の到着で、ちょうどいいだろう。

シンプルな二階建てのアパートの一番奥が、暁斗《あきと》の部屋だ。

チャイムを鳴らし、おとなしく待っていた。

しかし、扉が開く気配はない。

五分待ち、もう一度チャイムを鳴らす。ひょっとして不在なのだろうか。約束を忘れていたりとか。

十分待って、ダメ押しで三度チャイムを慣らす。ようやく扉の向こうで、ごそごそと音がした。扉が細く開き、男性が怪訝そうな顔でこちらを見ている。

暁斗――だと思うのだが、『雲』で見るにこやかな彼とは印象がまるで違う。

「暁斗、さんだよな？」

「……ほんとうに来たんだ」

ぶっきらぼうに言って、暁斗は扉を大きく開いた。

ぼさぼさ頭でよれたルームウェアを身に着け、いつもの清潔な彼とは別人だ。

「どうぞ」

「……邪魔する」

混乱しながらも中に入り、ひとまず土産を手渡した。

中をのぞき込んだ暁斗がすこしだけ顔をほころばせる。

「これ、大人気のフルーツゼリーじゃん。よく買えたね」

「ちょっとだけ並んだ」

手土産を気に入ってもらえてほっとした。

この三日間、暁斗になにを贈ったら喜んでもらえるだろうかと悩み、雑誌を読んだり、テレビをチェックしたりもした。

そこで、有名店のこのゼリーを見つけたのだ。新宿のデパートで取り扱っているゼリーを購入するために、初めて行列というものに並んでみた。

「日本の方は礼儀正しいものだな。列に並んでいる最中、とても静かだった。私の国だったら、十五分も経たずに騒ぎ出す」

「ま、そうだろうね。日本人はおとなしいから。とりあえず、お茶でも出すよ」

暁斗は頭をかきながらキッチンに向かう。

その後ろ姿に動揺を隠せず、椅子に腰かけた。

東京下町、清澄白河《きよすみしらかわ》にある古びたアパートの2DKで、機能的だ。王宮のバスルームよりも狭い部屋だが、日本の独り暮らしならこれで充分なのだろう。

「コーヒーと紅茶、どっちがいい？」

ネイビーのルームウェアは一応洗濯しているのだろうが、長年着ているらしく、毛羽立っている。

「……紅茶をお願いしよう」

「はいはい。そこに座ってて」

王宮の花台よりもちいさなテーブルだ。暁斗はてきぱきと動き、温めたカップに熱々の紅茶を注いでアルフォンスの前に置く。それから、アルフォンスが持参したゼリーも一緒に。

「お持たせで悪いんだけど、気の利いた茶菓子とかないから」

「いや、いい。私も食べてみたかったからな。……ん、美味しい」

丁寧に蒸らした紅茶はまろやかで、香りもいい。アルフォンスの好きなアールグレイだ。手放しで褒めたものの、暁斗は無関心な表情だ。

「そんなに褒めてもらうほどじゃないよ。『雲』で店長が淹《い》れてくれる紅茶のほうがずっと美味しい」

「いや、私はこちらのお茶が気に入った。暁斗さんが私のために淹れてくれた紅茶だ」

こころから言うと、暁斗の耳先がじわりと赤くなる。ぱちぱちとまばたきし、瞼を伏せた。

「……ゼリーはどれを食べる？　ストロベリー、グレープ、桃。グレープフルーツがあるみたいだけど」

「暁斗さんはどれが好きなのだ？」

「俺は桃」

「じゃ、私はグレープをいただこう」

ごろっとした果実がふんだんに入ったゼリーはジューシーで、とても美味しい。

桃のゼリーを機械的に口に運ぶ暁斗だが、あっという間に空にした。

「気に入ったなら、もうひとつどうだ？」

「なら、グレープフルーツ」

白い箱からグレープフルーツのゼリーを取り出して渡すと、ぺりっと蓋を開けた暁斗が黙々と食べ出す。

「……『雲』で見るきみとはだいぶイメージが違うのだな」

「あれは接客用の顔」

「では、いまが素の顔か？」

「まあ、そんなとこ。連絡先を交換して、俺から誘ったわけだけど、あなた、育ちはいいみたいだし、俺なんかにつき合ってる暇はないと思ったんだけどね」

「そんなことはない。今日をずっと楽しみにしていたのだぞ」

「ふーん」

気のない返事でゼリーを食べ終え、暁斗はキッチンの端に置いてあるゴミ袋に空の容器を突っ込む。どうやら、ゴミ箱はないらしい。

内心ため息をついたものの、不思議と嫌悪感は湧かなかった。

明らかな二面性を持つ彼から目が離せなかったのだ。

「こんなことを聞くのはなんだが、なぜ極端な二面性を持っているのだ？」

「生きやすいため」

「生きやすいため？」

「――ほんとの俺はガチのコミュ障だけど、それだと生活に行き詰まる。だから、『雲』ではあえて素顔を殺して別人になりきってる。もう慣れた」

「金のため、か」

「そう、富に恵まれたあなたにはわからない感覚だろうね」

「そういうわけではない。私も国ではごく普通の民間人だ。朝起きたら頭はぼさぼさだし、ルームウェアだってよれよれだ」

「なんか信じられないなぁ」

そう言いながら暁斗が紅茶を飲み干す。

その隙に、室内を素早く見回した。

コンパクトなキッチン続きにダイニングルームがあり、テーブルにはグリーンチェックのクロスがかかっている。目を転じれば、片づいたデスクに二枚のモニター。足下に大きなパソコン本体が置かれている。引き戸の向こうがたぶん寝室なのだろう。窓には爽やかなグリーンのカーテンがかかっていた。

きょろきょろしているアルフォンスに暁斗は首をすくめ、「そんなに見ないでよ。散らかってるし」と言う。

「とんでもない。とても住みやすそうな部屋だ。あのデスクで暁斗さんはゲームを作っているのか」

「ああ、モニターをもう一枚増やそうかなと思ってるんだけど、部屋が狭いから二枚が限界かなって」

「へえ……」

個人の部屋に入ったのは、これが初めてだ。エディハラにいた頃、市井のひとびとの暮らしを学ぶため、街にはよく足を運んだが、普通に暮らす民たちの家の中まで踏み入れたことはなかった。

殺風景な部屋だ、絵画の一枚もないし、花も飾っていない。王宮ではつねに新鮮な花々に囲まれていたアルフォンスとしては、この部屋はなんだか牢獄《ろうごく》のように思える。さすがに失礼だろうから胸に秘めておくが。

「あなたほどの才能があれば、ゲーム制作で食べていけるだろうに。なぜ、『HANABI』を有料にしないのだ」

単純に不思議だった。

確かに華々しい作品ではないが、一度触れたらやみつきになる。

暁斗は苦笑し、頬杖《ほおづえ》をつく。

「あれは俺も気に入っている作品だけど、まだまだ。『HANABI』はあくまでも習作なんだよ」

「いずれ、どこかのメーカーに入社して制作に携わるつもりか」

紅茶を啜《すす》りながら訊ねた。すると暁斗は眉を曇らせ、手元のカップをじっと見つめる。

「好きなメーカーはあるんだけどね……俺なんかの才能で入れるとは思えない。『HANABI』だってできあがるまで二年かかったし」

「そんな。やってみないことにはわからないではないか。暁斗さんならかならずひとかどの人物になれる」

励ますように言った。けっしてお世辞ではない。アルフォンスは『HANABI』にきらめきを感じ取ったのだ。しかし、暁斗はうつむいている。

無意識のうちに、アルフォンスはその手を両手で包み込んでいた。

「アルフォンスさん」

暁斗は目を丸くしている。

「そんな寂しい顔をしないでくれ。すくなくとも、私はあなたのファンだ。『HANABI』もとても素敵な作品だが、暁斗さんならもっともっと多くの作品を生み出せるはずだ。私が応援するから、挑戦してみないか」

「でも」

「なにもやらないうちから諦めるのはもったいない。暁斗さんはまだまだ若い。前途洋々だ。学べる時間も、遊ぶ時間も、あなたにはたくさんある。試行錯誤しながら、次の作品へと進んでみないか」

両手に力をこめると、いまさらのように暁斗がじわりと顔を赤らめた。

「あ、あの、手……」

「はい？」

「……手、離して」

ちいさな声に、はっと我に返った。いつの間にか、暁斗の手をぎゅっと包んでいた。さぞかし痛かったことだろう。

「申し訳ない。あなたの悲しい顔を見ていたらいてもたってもいられず……」

慌てて手を引こうとすると、なにを考えているのか、暁斗が逆に手を摑んできた。

「暁斗さん？」

「俺、変……だよね。手を離してって言ったのに、いざあなたのぬくもりが去ってしまうとわかったらなんだか……寂しくて」

出会ったばかりだが、暁斗がやさしいぬくもりに飢えていることがわかった。そこでひとつ、気になったことがある。

「暁斗さん、ご家族と離れて独り暮らしをされているのか。まだお若いのに、たいしたものだ」

水を向けると、暁斗はきゅっとくちびるを嚙む。

触れてはいけないところに触れてしまっただろうか。立ち入ったことを聞いてすまなかった、と詫《わ》びる前に、暁斗が泣き笑いのような顔を向けてくる。

「俺に、家族はいない」

「え？」

「物心ついた頃に——みんな死んだ。夏休みの家族旅行の帰り、居眠り運転のトラックに巻き込まれて事故に遭って、両親、三つ上の兄みんな死んだんだ。俺をひとり残して。それからはずっと施設で育ってきた」

「そう、なのか」

乾いた声だった。

いたずらにデリケートな部分を暴いてしまったおのれをなじり、アルフォンスはもう一度彼の手を包み込む。華奢な手だが、しっかりした骨が感じられる。

物心ついたときには愛情深い父と母、そして四人の兄に恵まれたアルフォンスは、これまで孤独というものを感じたことがない。王宮の誰しもが末っ子のアルフォンスには甘く、国民もまた、家族の愛を受けてすくすくと育ったアルフォンスをいとおしんだ。

着替える際も、食事をする際も、外へ出かける際も、つねに誰かがかならずそばにいた。

だからこそ、独り立ちしたかったのだ。自分ひとりでなにができるのかということを知るためにも、王室を——エディハラを出る必要があった。

それでも、目の前にいる暁斗と比べたら、充分に恵まれた日々を送っている。エディハラの第五王子になにかあってはいけないからと厳重なセキュリティが敷かれた麻布のマンションは住み心地がいいし、月に一度は忠臣のエリックが様子を見にやってくる。

ただの庶民であれば、自分ひとりで稼ぎ、その金で食べ、寝る場所を確保するはずだということぐらいはわかっているが、ほんとうの飢えや寂しさというものを自分は感じたことがない。

しかし、暁斗は違う。

当たり前の家族愛を知らず、ひとり生きてきた。どんな思いで、あの線香花火がぱちぱちと爆《は》ぜるゲームを創ったのだろう。ほんの一瞬強く輝いて、闇夜に消え去る花火に、暁斗はなにをこめたのだろう。

「明日、東京《とうきょう》に帰るという日の夜に、家族全員で海辺で花火を楽しんだんだ。打ち上げ花火、ロケット花火、ねずみ花火。そして締めくくりは線香花火。最後まで火の玉が残ったのは俺だったんだ。勝負に勝てた次の日に、俺は家族全員を失った。親戚づきあいはなかったし、すぐに施設に預けられた。その際、家族写真はすべて処分されたよ。だから、家族がいるのは俺の胸の中だけ」

手のひらを胸にあてがう暁斗から目が離せない。

「花火は一瞬で終わってしまう。でも、ゲームなら何度だってやり直せる。永遠に」

「だから、『HANABI』を作ったのか……」

暁斗がこくりと頷く。

相変わらず、手は摑んだままだ。

このぬくもりを守りたい。できることなら、力一杯抱き締めたい。

相手は同性だとわかっていたが、薄い肩を見ていると胸の奥が疼《うず》く。

こんな感覚は初めてだった。

いままで数えきれないほど家族に抱き締められてきた。アルフォンスもその抱擁に応えてきた。けれど、自分から誰かを抱き締めたいと思ったことはなかったように思う。

——抱き締めたい。この腕の中に囲い込んで、彼の寂しさを癒やしたい。

そう思うものの、いまはまだ早い。ひとのこころにずかずかと土足で踏み込むようなまねをしたくなかったから、せめて手のひらのぬくもりだけは伝えたかった。

どれぐらいそうしていただろう。

なにかが吹っ切れたように暁斗は顔を上げ、笑みを向けてくる。

「俺のゲーム、見る？」

その声は虚勢を張っているようには思えなかった。一度はやわらかでもろい部分をアルフォンスにさらしたものの、彼の中ではある程度線引きができているのだろう。

だからアルフォンスも話を蒸し返すことなく、「いいのか？」と返す。

「まあ、アルフォンスさんなら。俺の作品が思った以上にダウンロードされているのはサイトのランキングで知っていたけど、感想をもらうってなかなかなくて。直接、『ＨＡＮＡＢＩ』を好きだと言ってくれたのは、アルフォンスさんが初めてなんだ」

「自信を持ってほしい。あなたの作品は国を、海を越えて多くのひとに愛されてるとも」

勇気づけるように言えば、暁斗が頷く。

「たったひとりでも、あの作品を楽しんでくれたってことがわかって、俺はしあわせだよ。こっちへ来て」

立ち上がった暁斗について、デスクに近づく。暁斗は椅子に腰掛け、パソコンを起動させ、キーボードを素早く打つ。

その様子を背後から見守り、「新作か？」と問いかけると、暁斗が頷いた。

「もうまもなく仕上がる予定なんだ。いまはデバッグの最中」

「デバッグ……」

「ゲームのプログラムにバグがないか、プレイしながら探していく作業。人気メーカーの大作ともなれば、四、五百人のひとがデバッガーとして雇われるんだよ」

「なるほど……人海戦術だな。私が思っていた以上に労力がかかっている」

「気の長いひとじゃないと務まらない作業だよね。――はい、これ。オープニングはまだ創ってないから、いきなりゲーム画面になるんだけど、よかったら遊んでみない？」

「ぜひ」

椅子を譲ってくれた暁斗に代わって座り、モニターと向き合う。

画面には、いまや懐かしいドット絵が映し出されていた。

窓があり、その中にはざんばら髪の男性がいる。

その男性を暁斗が指さす。

「彼は、あなたの先祖。言うなれば、ずっとずっと過去のアルフォンスさん」

「過去の私」

「そう。彼は戦乱が続く世に生まれ、苦しい日々を過ごしている。そんな先祖を助けるために、あなたは彼と言葉を交わし、彼が必要とする物資をタイムマシンを使って送るんだ」

「なるほど……過去の私を生かせば、現在の私に繋がるわけだな」

「そのとおり。操作はシンプルだけど、エンディングは多数あるから、とりあえず好きにやってみて」

言われたとおり、マウスを使って操作する。

過去の自分は粗末な場所に住んでいるようだ。着ている服もみすぼらしく、血色が悪い。

『――おまえは、未来の私か？』

ウィンドウに表示された台詞《せりふ》に『はい』と返事した。すると男性はすこし近づいてきた。

『未来の私は元気そうだな。よかった。この血は絶えていないんだな』

初っぱなから泣かせることを言う。すこし会話を進めていくと、過去の自分は『疲れた』と後じさってしまう。

「過去のあなたがSOSを出している。このアイテムウィンドウから、過去のあなたが必要だと思っている物を送ってあげて」

暁斗の言葉に続いて、さまざまなアイテムが表示された。水、服、食料、書物に玩具、刀まである。

どれを送るかしばし悩み、とりあえず水を送ってみることにした。

アイテムウィンドウから水を選び、『送る』コマンドを選択すると、シュンとかすかな音とともに水があちら側に送られる。

水を手にした先祖は、『おお』と歓喜の声を上げた。

『ひどく喉が渇いていたんだ。助かるよ』

ひとまず選択を間違っていなかったことに胸を撫で下ろし、また言葉を交わす。

『この世は戦い続きだ。私もいつ死ぬかわからん。まだ妻もめとっていないし、子どもの顔を見ることもできていない。しかしこうして夢の中で未来の私と会えているのなら、この先の日々も続いていくのだな』

「過去のあなたは、夢を見ているという設定なんだ。でも、あなたが送った物で彼は生きながらえる。間違った選択をすると、過去のあなたの人生はそこまで」

「思っていた以上にスリリングだな」

水で喉を潤したあとだから、腹が空いているだろう。『おにぎり』を選んで、送ってみた。

おにぎりは、日本のソウルフードだ。エディハラにいた頃、インターネットを通じて知った食べ物で、アルフォンス自身、まだ口にしたことはない。

「この三角の食べ物がおにぎりなのだな。どんな食べ物なのだろう」

「炊いたお米の中にたらこや梅干しをくるんで握り、海苔《のり》を巻いた簡単な食べ物。アルフォンスさん、もしかしておにぎりを食べたことない？」

「残念ながらまだ」

「だったら、いま作ってくるよ。今朝ちょうどごはんを炊いたし、おかかを入れたおにぎりを作ってくる」

「おかか」

聞いたことのない言葉に首をひねっていると、くすりと笑った暁斗がキッチンへと向かう。

その間もアルフォンスは過去の自分と会話を楽しんだ。

確かに画面はシンプルだが、会話パターンが豊富で、ずっと遊んでいても飽きない。夢中になって遊んでいると、「はい、どうぞ」と小皿が目の前に出された。

つやつやとした白米に黒い海苔が巻かれている。

「片手で食べられるから、作業中にうってつけなんだ」

「では、遠慮なく」

おにぎりを摑んでぱくつくと、ほのかに塩の味がしてなんとも美味しい。初めて食べた海苔もぱりっとしていて香ばしかった。食べ進めていくと、中から茶色のおがくずのような物が出てくる。

「これは……おがくずか？」

「魚を干して削った立派な食べ物だよ。安心して」

食べたことのない異国の味にいささかひるんだのが伝わったのだろう。暁斗が可笑しそうに言うので、思いきってかぶりついてみた。

おがくず、と思っていた物はしょっぱく、米によく合う。

「美味しいではないか……！」

「よかった。おにぎりにはいろんな味があって、コンビニでも手軽に買えるよ」

「いや、暁斗さんが握ってくれたからよけいに美味しく感じる」

言っている間にもぱくつき、あっという間に食べ終えた。指についた米粒を舐《な》め取り、もうすこし食べたいと思っているところへ、暁斗がさらにおにぎりを差し出してくれる。

水とおにぎりでお腹《なか》がふくらんだ先祖に、今度は『火の点いたろうそく』を送ってみた。画面の向こうは薄暗く、顔もよく見えなかったからだ。

これまたいい選択肢だったらしく、画面の向こうがぱっと明るくなる。以前より先祖の顔色がよく見え、『ありがとう、いい贈り物だ』と返ってきた。

『こう暗くちゃ、本も読めなかったんだよ。きみのおかげで、長い夜も退屈せずにすみそうだ。未来の私はどうやって夜を過ごしているのかな』

そこで選択肢が出た。

『本を読む』

『テレビを観《み》る』

『寝る』

これには迷った。かたわらに立つ暁斗を見上げると、おもしろそうな瞳とぶつかった。

過去の時代にテレビという文明の利器があったとは思えないが、『本を読む』も『寝る』もなんだかひねりがない。

ここは賭けだ。『テレビを観る』を選ぶと、過去の自分は『テレビ？ それはなんなのだ。ほほう、風景やひとが四角い箱に入っているんだな。不思議だ。行ったこともない場所や会ったこともないひとが観られるとは』と愉快そうだ。

いい反応だ。暁斗も満足そうな顔をしている。

「冴《さ》えてるね、アルフォンスさん。そうして過去の自分の興味を引くのが大事なんだ」

「奥深い。いつまでも遊んでいたくなる」

「もっと会話パターンを増やそうと思ってる。画面がシンプルなぶん、言葉数や選択肢を増やそうと思っていて」

「いまの時代、ゲームというと派手なグラフィックの作品が多いが、長く遊ぶには意外とこうしたものがいいのかもしれないな。とにかく、会話とアイテムが楽しい。過去の私を元気づけるために、いろんな物を贈ってあげたくなる」

「そう言ってもらえると嬉しいな」

ひととおり遊んだところで、ゲームが止まってしまった。

「ああ、やっぱりここ止まるんだ。あとでチェックしなきゃ」

「ここにバグが？」

「何度も見直しているんだけど、会話の組み合わせが悪いのか、アイテムのせいなのかまだ原因が追及できなくて……ひとまず、公開はまだ先の予定だし、ゆっくりやってくよ」

腕組みしている暁斗は可愛い顔ながらも理知的だ。

「一応、いまのところ見せられるのはこんな感じ」

「ほんとうにありがとう。制作途中のゲームに触れる機会なんてそうそうないから嬉しかった。お返しになにかしたいのだが、暁斗さん、なんでも言ってくれ」

「なんでも……なんでもか。そう言われると結構困るな。いま腹は減ってないし……あ、でもちょっと汗ばんだかな。フィックスする前のゲームを誰かに見せるなんて初めてだったし、緊張した」

「だったら、風呂で背中を流してやろうか」

そう言うと、暁斗は首を傾《かし》げる。

「うちのお風呂、広くないんだよね。……そうだ。外国から来た方だったら、銭湯とかって馴染みがないよね」

「セントー？」

「公衆浴場。男女別に別れて、ひとり五百円ぐらいで、大きなお風呂に誰でも入れるんだ。俺、大の銭湯好きなんだよね。温泉はめったに行けないから、歩いて五分ぐらいの銭湯によく通ってる。十五時から入れるから……うん、今日も開いてるはず。アルフォンスさんがよければ、これから一緒に銭湯行かない？」

思いがけない誘いに胸がはやる。

この部屋で暁斗の背中を流すだけなら自分はシャツの袖をまくり、スラックスの裾を上げるぐらいですむと思っていたが、彼の言う銭湯に行くとなったら互いに裸になるのだろう。

平然としている暁斗をちらっと見て、その裸を想像したら不覚にも脈が速くなってしまう。

けっしてよこしまな思いを抱いているわけではないとおのれに言い聞かせたものの、きめ細やかな肌をしている暁斗を見ていると落ち着かなくなってくる。

そわそわしているのは自分だけのようだ。銭湯慣れしている暁斗は下ごころなしに誘ってくれているのだ。

だったらここは暁斗と親交を深めるためにも、銭湯に挑戦したい。

「下着はコンビニで買おう。タオルとシャンプー、コンディショナーを持っていけばバッチリ」

「わかった。一緒に行こう」

早速暁斗が銭湯へ行く準備を整え、ふたりして外に出る。陽《ひ》はまだ高く、これから風呂に入ると思うとちょっと不思議だ。

「この街は住みやすそうでいいな。スーパーやコンビニも多くて」

「お寺や図書館もあるし、散歩しがいがあるんだ。ゲーム創りに悩んだとき、図書館に行っていろんな本をめくったり、あちこち散歩して気分転換する」

隣を歩く暁斗は頭ひとつ低く、ふたりして歩調を合わせた。春ののどかな陽射しが心地好い。ぽかぽかした日だったから、銭湯につく頃にはアルフォンスもすこし汗ばんでいた。

古めかしい建物はいかにも日本らしく、入り口にのれんがかかっている。それをくぐって中へ入ると、高い位置から声が降ってきた。見上げれば、壮年の男性がにこやかに笑っていた。

「よう、暁斗くん。来てくれたんだね」

「こんにちは。ここのお風呂、週に一度は来ないと落ち着かないんですよね。今日はふたりぶん払います。アルフォンスさん、これは番台と言います。銭湯のご主人が座っていて、ここでお金を払うんです」

いったん外に出ると、暁斗は明るい笑顔を崩さず、丁寧に教えてくれる。仏頂面と笑顔の使い分けはもう習性なのだろう。

のれんも、番台も初めて目にしたものばかりでこころが躍る。

「おお、外国からのお客様か。うちの銭湯、気に入ってもらえると嬉しいな。さっき開けたばかりだから、一番風呂を楽しんでおいで」

「ありがとう」

常連客らしい暁斗が金を払っていることに慌てた。お礼をするのはこちらなのに。急いで財布を取り出したものの、暁斗が「いい、いい、ここは俺のおごり」と言う。

「俺のゲームで遊んでくれたし、アルフォンスさんには日本の文化を知ってほしいし。銭湯はその記念」

意固地になるのも大人げない気がしたから礼を告げ、一緒に靴をロッカーに預けた。

『男湯』と書かれた引き戸を開くと、意外と中は広かった。ずらりとロッカーが並んでいる。ここで服を脱ぐようだ。

エディハラにはサウナがあったが、公衆浴場はない。人前で堂々と服を脱ぐのが気恥ずかしくてあたりを見回すアルフォンスの隣で、暁斗はなんでもない顔で裸になっていく。

華奢なほうだと思っていたけれど、均整の取れた身体つきだ。それなりに鍛えているのだろう。思わず見とれた。

目が離せないアルフォンスに気づいた暁斗がうっすら頬を赤らめ、タオルで前を隠す。

「早く風呂に入ろうよ。アルフォンスさんも服を脱いで」

「しかし、私の国ではこうした場がなくて」

「だったらいい経験じゃん。男同士なんだし、必要以上に恥ずかしがらなくてもいいだろ」

「……そう、だな」

幼い頃はメイドたちが髪や身体を洗ってくれた。その後は忠臣のエリックが手伝ってくれた。十代になってからはひとりでこなすようになっていた。サウナも王宮にあったが、家族で入ることはなかった。他人に素肌を見せるのにはいささかためらいがあるが、自分とて男だ。これぐらいでひるんでいたら情けない。

思いきって服を脱ぎ、暁斗を見習って前をタオルで隠して浴場に続くガラス戸を開ける。

「結構広いものなんだな。暁斗さん、暁斗さん、あの壁に描かれているのは、もしかして富士山か」

「そう、日本が誇る一番美しく高い山。あれはペンキ絵といって、各地の銭湯にはいろんな絵が描かれているんだ」

「ほう……」

天井が高い風呂場は声が響く。床は水色のタイルが敷き詰められており、ぴかぴかだ。

「まずは身体をさっと洗おっか」

「そうだな」

洗い場に並んで座り、黄色のプラスティックでできた浅めの桶《おけ》に湯を溜《た》める。ボディソープが置かれていたので持参したタオルを泡立て、身体の隅々までやさしく洗っていく。すると暁斗がもこもこに泡立てたタオルを手にし、ちょんちょんと肩をつついてくる。

「背中、洗ってやるよ」

「それも日本文化か？」

「ま、そのひとつかな。はい、うしろ向いて」

言われるがまま背中を向ける。温かいタオルが肩甲骨から背中の溝を擦《こす》っていく。

「アルフォンスさん、背中が広いんだ。それにすごく鍛えてる」

「祖国では走り回っていたからな」

「ふぅん……」

どことなく暁斗の声が上擦っている。

王子として狩りをしたり、剣技をたしなんだりしていたので、それなりに身体は引き締まっているほうだ。

誰かに身体を洗ってもらうなんて幼い頃いらいだ。丁寧に洗ってもらえるのが気持ちよくて、吐息を漏らした。

「気持ちいい？」

「すごく」

腰骨のあたりまでタオルで擦られ、ちょっと落ち着かない。だいたい、肩を掴んでいる指が熱く感じることにそわそわしてしまう。素肌に触れる指の感触にやましい感情が浮かんでしまうのがふがいない。このまま洗い続けられると、変なふうに反応してしまいそうだ。

それを隠したくて、タオルで慎み深く前を隠し、振り返った。

「暁斗さんの背中も洗おう」

「いや、俺は大丈夫」

「私だけよくしていただくのはずるい。暁斗さんにも気持ちよくなってほしい」

素直な心情を口にした途端、互いに顔を赤らめた。

なんだか、必要以上に恥ずかしい。

いま発した言葉は意味深ではなかっただろうか。見つめ合っている時間は一瞬のことだったけれど、照れくさそうな顔を見せた暁斗がとても可愛い。

暁斗がそそくさと背中を向けた。

「……お願い、します」

「任せてくれ」

タオルを盛大に泡立て、薄い肩を摑むと暁斗の身体がぴくっと跳ねた。

緊張していることを察し、タオルをそっとあてがった。彼にしてもらったように肩から背中へとタオルをすべらせ、きちんと洗っていく。脇腹のあたりを擦ると、暁斗が笑い声を立てた。

「くすぐったい、そこ」

「暁斗さんは敏感なんだな」

そんなところも好感が持てる。

可愛い。暁斗がどんどん可愛く思えてくる。同性相手に熱い感情を抱くのは生まれて初めてで、アルフォンスをいいように振り回す。

なめらかな肌にもっと触れていたい。叶《かな》うなら身体の前も足のつま先も洗ってやりたいが、さすがに暁斗も驚くだろう。

しかし、彼の耳たぶがほんのり赤く染まっているのを見たら、堪《こら》えきれなかった。慎重に身体を寄せ、背後から囁《ささや》く。

「暁斗さんもそわそわしているのか」

「……っいや、……その」

「私は鼓動が跳ねている。おかしいだろう。同性のあなたの背中を洗っているだけなのに」

暁斗は答えず、うつむいている。

いやがっていないかどうか確かめたくて、訊ねてみた。

「気持ちいいか？」

しばし間が空いたあと、暁斗がこくんと頷いた。その仕草が、ぶっきらぼうな彼にしてはいじらしい。

「では、髪も洗おう」

気をよくして、暁斗の髪をシャワーで濡《ぬ》らし、持ってきたシャンプーを泡立てる。艶やかな黒髪はしっとりしていて、指どおりがいい。

地肌をやさしく揉《も》み込み、髪を泡で包んでいく。

王子として生まれてきて、他人の髪を洗うなんて初めてだ。

暁斗といるとなんでも初めてづくしで、目をそらす暇もない。

「あなたといると楽しくて楽しくて時を忘れるな」

「俺も。不思議だな……カフェでたくさんのお客さんと会ってきたのに、あなただけはまっすぐ胸に入ってきた。俺の作品を楽しんでくれているプレイヤーをこの目で見たのが初めてだったからかもしれないけど。……なんていうか……すごく嬉しかったんだ」

暁斗が気持ちよさそうに息を漏らす。

充分髪を洗ったところで、「下を向いて」と言うと、暁斗が素直に従う。ちょうどいい温度の湯を浴びせ、泡を流してやった。

コンディショナーも同じように髪に揉み込み、湯で流す。

綺麗になったところで暁斗が笑顔で振り返った。

「サンキュ。すっごい気持ちよかった。アルフォンスさんの髪も洗おうか？」

「いや、さっと洗って早くお風呂に入ろう」

裸の暁斗といると、自分としたことがそわそわしっぱなしだ。兄たちとも一緒に風呂に入ったことはないので、当然と言えば当然かもしれない。

風呂は三つにわかれていた。ひとつは適度な温度の湯。もうひとつはジェットバス機能がついている。最後のひとつがちいさかったので、物珍しさに釣られて足を入れようとすると、慌てた暁斗が手を摑んでくる。

「待って、待って。そこはめちゃくちゃ熱い」

「熱い？　どれぐらい？」

試しに指先を入れてみて、「あつっ」とちいさく叫んでしまった。思っていた以上に熱い湯だった。

「これはほんとうに浸《つ》かれるのか？　修行のようだが」

「銭湯好きなひとでも、ここに入るのは結構まれだよ。でも、一度浸かると癖になる。芯から温まるし、気分もしゃきっとする」

「私は普通の温度にしよう……」

すごすごと下がって、一番最初の湯に浸かることにした。

「これでも充分だ。はぁ……あったかい」

肩まで浸かり、のびのびと手足を伸ばす。天井が高く、声がよくとおる。隣に暁斗が入ってきて、心地好さそうに息を漏らす。

北欧育ちの自分もわりと肌が白いほうだが、暁斗は特別だ。同性なのに抜けるような色白で、湯にだんだん染まっていく様が悩ましい。

無意識に釘付けになってしまう。濡れた髪の黒さや、赤らんだ肌と順々に追っていくと、暁斗が不思議そうに振り返る。

「どうかした？」

「なんでも」

見とれていた、なんてとても言えない。

どきどきして、まともに顔が見られない。頭の中で聖書を開き、あれこれそらんじるが、だんだんと意識がぼんやりしてきた。

「そろそろ出ようか、アルフォンスさん。顔が真っ赤だよ」

「そうだな……」

情けない。おのれをなじりながら頭に乗せていたタオルで前を隠し、風呂を出た。

出る間際に、木製の扉が右横にあることに気づいた。

「ここは、もしかしてサウナか？」

「そう。俺はあまり得意じゃないけど、アルフォンスさんは好き？」

「好きだ。生まれ育った国ではサウナによく入っていた」

「じゃあ、ちょっとだけ試そうか。五分ぐらいが限界だけど」

「無理しないでくれ」

言い合いながらちいさな部屋に入る。途端にむわっとした熱い空気が肌にまとわりつく。風呂で温まるのとはまた違う。肌の下からかっかと火照り、じっくりと温まっていく。

暁斗と並んで座り、深く息を吸い込んだ。

「故郷を思い出す……」

「アルフォンスさんの国では、街中にサウナがそこかしこにあるの？」

「ああ、そうだな。だが私は、おう……」

うっかり、王宮で、と言いそうになり、慌てて口をつぐむ。

「おう？」

暁斗が首を傾げる。

「いや、なんでもない。寒い国なのでサウナはたくさんあるのだ。そこでひとびとは語らう。仕事のことや、家庭のこと。なんでも」

「裸のつき合いってやつか。そういうのって日本だけじゃないんだ。ちょっと安心した。無理矢理アルフォンスさんを銭湯に誘っちゃった気がしたし」

「とんでもない。嬉しかったよ。私の国とはまた違う裸のつき合いを知れてとても学びになった」

カンカンに熱い室内で暁斗が「そういえば」と切り出す。

「ワーキングホリデーで日本に来たんだよね。仕事、もう決まった？」

不意打ちだったので一瞬口ごもったが、次には「ああ」と笑顔で頷いた。

「最初の一か月は日本の生活に馴染むため、自由にしていたが、来月あたりから私も働く予定だ」

「へえ、どんなところ？　よかったら教えて」

興味深そうに暁斗が顔をのぞき込んでくる。

「社名を言えばあなたにもわかるだろうか。白報堂という総合商社だ」

「大手企業じゃん。マジで？　そんなところに勤めるなんてすごい。期間限定のワーホリでもなかなかできることじゃないよ」

じつは、そうなのだ。

一年間日本で過ごすにあたり、忠臣のエリックとさまざまな企業をチェックした。仮にも、一国の王子が働くのだ。

『素性の知れない会社に殿下を行かせることはできません』

どんなときも冷静沈着なエリックと日夜インターネットで日本の企業を調べた上で、以前より信頼関係のあった白報堂ならば問題ないだろうと結論が出た。

まだ会社には顔を出していないが、エリックがひそかに手回しをしてくれているので、最初から国際事業部という重要な部署に配属されることになっており、白報堂のＣＥＯと、現場の一名だけがアルフォンスの正体を知っている。

まるっきり赤の他人として企業にもぐり込むことは難しかったので、『知見を広げるため、ぜひ御社で働かせてほしいと思っております』と申し出た。もちろん、ＣＥＯは驚いていたが、もともとエディハラと取引をしていたので、最後には快諾してくれた。

現場の人間には、単なるワーキングホリデーでやってきた外国人、ということにしてある。

「アルフォンスさんが仕事を始めたら、なかなか『雲』には来られなくなるかな」

「絶対に通う」

「だといいけど……」

膝を抱える暁斗は年齢よりも幼く見える。アルフォンスが生まれた北欧に比べると、アジア人はやはり若い。

「だいぶ髪が乾いてきたな」

なにげなく髪に触れると、暁斗がぴくっと肩を揺らす。ボディタッチに慣れていないのだろうかと危ぶんだが、暁斗はおずおずと頭を擦りつけてくる。

「暁斗さん？」

「頭、撫でてもらうのって……久しぶり」

「ほんとうに？」

「うん。両親が生きてた頃は恥ずかしくなるぐらい可愛がってもらったけど、その後預けられた施設は子どもが多くて。必要以上に触れてはこなかった。……変かな？　いい大人になったのに頭を撫でてもらいたがるのって」

か細い声に胸が甘く疼く。アルフォンスは微笑み、暁斗の髪をくしゃくしゃとかき回した。なんの後ろ盾もない暁斗を守ってやりたい。できることなら強く抱き締めたい。だけど、それはまだ早い気がしたから、ちゅっと頬にくちづけた。すると暁斗がさっきよりも身体を震わせた。

「な、なにを、いまのって」

暁斗が目を丸くする。

「親愛の情を示しただけだ。いやだったか？　私の国では当たり前のことなのだが」

「男同士、なのに」

サウナに入っているからというだけではない。いまや顔を真っ赤にしている暁斗がたまらなく可愛い。

「男同士でもいとおしかったり、親しみを感じたら挨拶のキスはするだろう？」

「日本では、しない……けども」

消えていく声とともに暁斗が気恥ずかしそうに顔を向けてくる。

「……もう一度、してもらえる？　一瞬のことでわからなかったから……」

たどたどしいその表情が胸を撃ち抜く。彼への好意が花開いたような感覚だ。

アルフォンスは身体を擦り寄せ、暁斗の顎をつまんだ。反射的に、暁斗がぎゅっと瞼《まぶた》を閉じるのがいとおしい。

「一度でいいのか？」

「……い、一度で、いい……っん……！」

先ほどはなめらかな頬にくちづけたけれども、今度はくちびるをふさいだ。

薄めのくちびるは蠱惑的《こわくてき》な弾力があって、何度でも味わいたくなる。

ちゅ、ちゅ、と角度を変えてキスを重ねていくうちに、暁斗がかすれた声を漏らし、くったりと身体の力を抜く。

くちびるの表面がしっとりするまで甘やかなキスを続けた。もっとむさぼりたくなってしまうのはなぜなのか。親愛をとおり越して、彼への想いに火が点きそうだ。

「……は……ぁ……っ、も……もう、いい、……もう、充分」

「もう？　私はもっとしてもいいが」

「のぼせそう……」

「それはいけない。出よう」

もたれかかってくる暁斗の肩を抱き、急いでサウナ室を出た。ぬるいシャワーをともに浴び、脱衣所に戻ると、暁斗は竹で編んだ長椅子にぐったりと横たわる。

「暁斗さん、大丈夫か。のぼせたか」

そばにあったうちわでぱたぱたと扇《あお》ぐと、腕で目元を覆い隠す暁斗がちいさく笑う。

「まさか、……初めてのキスが男性相手になるとは思わなかった」

「すまない。ちょっと止まらなくて」

素直に打ち明ければ、暁斗はもぞもぞと身じろぎする。

「俺相手で、気持ち悪くなかった……？」

「それどころか、あのままキスを続けていたら私はどうにかなりそうだったぞ」

「ほんとうに?」

「ああ、ほんとうだ」

晩斗はふっと笑い、くちびるに手をやる。

「……気持ちよかった……」

「え?」

細い声が聞き取れなくて寝そべる暁斗に耳を寄せたが、彼は笑うだけだ。

「アルフォンスさん、俺のロッカーに財布が入っているから、その中のお金を使ってコーヒー牛乳を買ってきてくれない?」

「それぐらい、私が買おう。待っててくれ」

腰にタオルを巻いてロッカーを開け、財布を取り出す。番台に座っている男性に、「コーヒー牛乳を二本ください」と言うと、男性は目を細めた。

「お兄さん、日本語がうまいねえ。二本で二百円だよ。そこの冷蔵庫から持っていってくれ」

「はい」

財布から銀色の硬貨を取り出して、男性に渡した。日本のお金は凝っていて、コレクションしたくなる。

マッサージチェアの隣にある透明な冷蔵庫からコーヒー牛乳を取り出し、暁斗のそばへと戻った。彼はもう身体を起こしていて、アルフォンスから冷たい瓶を受け取ると、ひと息に半分ほど飲み干す。

「……っはぁ、美味しい。アルフォンスさんもどうぞ」

言われたとおり、ごくごくとブラウンの液体を飲み干す。よく冷えているし、甘くてとても美味しい。

「風呂上がりにぴったりだな」

「だよね。俺、ここに来ると絶対コーヒー牛乳を飲むんだ」

「気に入った。家でも飲んでみたい」

コーヒー牛乳を飲み終わったあとはふたりして身体を拭い、衣服を身に着ける。

気分爽快だ。銭湯は大のお気に入りになりそうだ。

「また来よう。一緒に」

「うん、ぜひ」

ほころぶような笑顔を見せてくれた暁斗に胸の奥がきゅっとせつなく引き絞られる。

この気持ちは、なんというのだろう。

4

五月に入り、アルフォンスはまめに『雲《くも》』へと通っていたが、ついに白報堂《はくほうどう》へと顔を出すことになった。

朝一番熱いシャワーを浴び、丁寧に顔を洗う。

エリックがそろえてくれていたスーツをクローゼットから取り出し、身に着ける。エディハラにいた頃もネクタイは自分で締めていたので、ひとりで着替えられる。洗面台で蜂蜜色の髪を整えたらできあがりだ。

意気揚々と麻布《あざぶ》のマンションを出て、スマートフォンで乗り継ぎを調べながら汐留《しおどめ》へと向かう。日本の電車はルートが複雑だ。アルフォンスが日本に来てとまどったことのひとつとして、電車がある。地上にも地下にも路線が張り巡らされ、案内板を丁寧に見て通路を歩いていくもののの、出口がいくつもあって迷う。

汐留も数本の駅があるので、来日してから時間を見つけて試しに一度足を運んでいた。

事前にチェックしていたこともあって、出社当日は迷うことなく白報堂へ着くことができた。

堂々たるガラス張りの高層ビルに足を踏み入れ、受付で名前を告げる。ＩＤカードを渡されたので、首から提げた。

さすが、日本が誇る大企業だけあって、金髪碧眼《へきがん》のアルフォンスをじろじろ見るひとはすくない。

たまにちらっと視線が流れてきて、アルフォンスの優美さに足を止めるひともいたが、当の本人は涼しい顔でエレベーターに乗り、目的階に向かう。

静かに止まった箱から出て、九時五分前に『国際事業部』と書かれたガラス製のドアを押し開けると、活気あふれるざわめきが押し寄せてくる。広々としたフロアには大勢の男女がいて、皆、忙しげに電話を取ったり、パソコンに向かってなにかを打ち込んでいる。

近くを通りかかった男に、「おはようございます」と声をかけた。

「今日からこちらで働かせていただく、アルフォンス・ファルクマンと申します」

「ああ、アルフォンスさん、お話は伺ってます。早速こちらへどうぞ」

ファイルを脇に挟んだ三十代前半とおぼしき男性はにこやかに応じ、ずらりと並ぶデスクの間を縫ってフロアの奥にある会議室へと案内してくれた。

「いまドリンクを持ってきますね。アイスコーヒーとアイスティー、どちらがいいですか？ホットもあります」

「では、お言葉に甘えてアイスコーヒーをお願いします」

男性はさっと部屋を出て、すぐにふたつのカップを手に戻ってきた。

「お待たせしました。アイスコーヒーです」

「お手を煩わせてすみません」

「日本語が達者ですね。僕は相原賢《あいはらけん》と申します。あなたのパートナーとしてお世話をいたします」

「もしかして、現場で私の立場を知っているというのはあなたなのですか？」

相原はにこやかに頷《うなず》く。清潔な白のワイシャツにネイビーのネクタイが生真面目な日本人らしい。

「このフロアでアルフォンスさんのほんとうの立場を知っているのは僕だけです」

「ですが、どうかお気遣いなく。日本のことを学びたくてやってきましたから」

「そこはもう。この会議室を出たらあなたがエディハラの第五王子であることは内密にして、バリバリ働いてもらいます」

「はい」

おおらかな相原がパートナーでよかった。実直なエリックとはまた違い、ともに気持ちよく働けそうだ。

「それで、私の仕事はなんでしょうか」

「まずはフロアの人間に挨拶に回ってもらえるでしょうか。各自仕事中ですが、そこは気になさらず」

「お任せください」

すかさず頷く。

白報堂に入社して即、中枢に関われるとは思っていなかったし、挨拶は得意だ。王子として、さまざまな国の賓客相手に、礼儀正しく挨拶するように、と父からよくよくたたき込まれていたのだ。

「では、参りましょうか」

「お願いします。終わったら僕のデスクまでいらしてください」

会議室を出て、ジャケットの襟を指でしごく。

「行ってらっしゃい」

相原にぽんと気さくに肩を叩《たた》かれ、笑顔で頷いた。

フロアは広く、挨拶するだけでも意外と時間がかかりそうだ。

とにかく丁寧に、とこころがけ、一番端の島から声をかけていくことにした。

「おはようございます。アルフォンス・ファルクマンと申します。今日からここで働かせていただく者です。どんなことでもお申し付けください」

「わ、びっくりした。イケメンさんですね。おはようございます。ワーホリの方がいらっしゃる話は前もって聞いてました」

最初に挨拶した二十代の女性はアルフォンスの美貌に頬を染めながら、にこにこと挨拶してくれる。

「どちらの国からいらしたんですか？」

「北欧のちいさな国です。ここよりずっと寒く、冬が長い国なので、四季のめりはりが感じられる日本にずっと憧れていました。以後、お見知りおきを」

「こちらこそ」

次は女性の隣に座っている男性に声をかけた。ヘッドフォンをしているので、とんとんと肩を叩くと、「ん？」と男性が振り返る。金髪碧眼のアルフォンスがすぐそばに立っていることにいまさら気づいたようで驚いている。

「うお、びっくりしたー。めちゃめちゃ男前じゃないですか」

「アルフォンス・ファルクマンと申します。どうぞよろしくお願いいたします」

「ああ、あなたがワーホリでうちに来るという方なんですね。わからないことがあれば、どんどん聞いてください」

「ありがとうございます」

胸に手を当て、礼を述べると、男性はまじまじとアルフォンスを眺める。

「高身長に目を奪う美貌……同じ男として負けました」

「いえいえ、日本の方らしく艶のある黒髪と黒い瞳がとてもエキゾティックですよ」

お世辞ではなくこころから言うと、男性は照れたように頭をかく。

「それにしてもアルフォンスさん、品がありますねえ。どこかの王子様と言われても信じちゃいますよ」

自分では気づいてなかったが、やはりどこか違うのか。日本では一庶民として過ごすつもりだったから、男性の明るい言葉にどきどきしながら、「そんなことはありません」と控えめな笑みを返す。

「私が王子なんかになったら国が傾いてしまいます」

「はは、かもしれませんね。それだけ美しかったら国中の女性があなたに求婚しちゃいますよ。なんだったら男性だって」

ほがらかな男性に頭を下げ、次々に挨拶をしていく。ひとりひとりに名を告げ、簡単に言葉を交わしていたら、いつの前にかフロアの奥まで来ていた。

ひとまず役目を終えたとほっとし、相原のデスクに近づく。すぐに彼は気づいてくれた。

「終わりましたか。どうですか、うちに馴染《なじ》めそうですか?」

「皆さん、とても気さくでよい方ばかりです。これからの仕事がとても楽しみです」

「そう言ってもらえると僕も安心です。とりあえず、僕の隣のデスクを使ってください。アルフォンスさんにはしばらくの間我が社に馴染んでいただくため、午前中と午後に一回ずつ、ミーティングにオブザーバーとして参加していただきます。その合間は書類整理。……たいした仕事ではないんですが、大丈夫ですか？」

最後のほうをこそっと耳打ちしてきた相原にくすりと笑う。

「いきなり大事な部分に触らせてもらえるとは思っていませんから、大丈夫です。私も皆さんをもっと知りたいです」

「よかった、そう言っていただけてほっとしました。今日のランチは僕と行きましょう」

「ぜひ」

デスクを与えられたアルフォンスは山と積まれた書類をぱらぱらとめくる。デジタル社会になっても、重要な項目についてはまだまだ紙書類が必要とされているようだ。

「その書類をデジタル化したいんです。打ち込み、できます？　パソコン使えます？」

「もちろんです。お任せください」

パソコンなら強い。一般的によく使われているエディタも計算表ソフトもさくさく使いこなせる。王宮で公務を終わらせたあと、時間があればしょっちゅうパソコンにかじりついていた。

王子という身分とはいえ、自国から外に出ることはまれだった。

自分の国以外はどうなっているのか。どんな文化なのか。それに応えてくれるのはインターネットだった。エディハラは寛容な王室制度なので、外部の情報を探るインターネットにもとくに制限はかけていない。そこでアルフォンスはさまざまな知識を得て、暁斗《あきと》の創る『ＨＡＮＡＢＩ』にも出会ったのだ。

早々に書類を開き、キーボードを叩いた。ブラインドタッチはお手の物なので、かたわらに置いた書類をちらちら見ながらどんどん打ち込んでいく。

作業が三分の一ほど終わった頃だ。十二時を知らせるチャイムが鳴り響き、隣のデスクから相原が「お昼、行きましょうか」と誘いかけてきた。

「はい」

財布とスマートフォンだけ持って立ち上がった。

「アルフォンスさん、なに食べたいですか？」

「このあたりはよくわからないので、相原さんにお任せします」

「美味《おい》しいパスタを出す店があるのでそこにしましょう。あ、もしかしてパスタとか食べ慣れてます？」

「それなりに食べていますが、相原さんがお勧めのお店ならきっと美味しいでしょうね」

「じゃ、行きましょう」

連れだってオフィスを出て、隣接するビルに入る。ここもオフィスビルだが、一階から三階あたりまではレストランやカフェが多く入っているようだ。

その中のひとつ、カラフルなデコレーションがされた店に入り、窓際のテーブルを陣取る。

正面に座った相原がメニューを開く。

「ここ、なんでも美味しいです。なに食べます？」

「ペスカトーレにアンチョビ……あ、このたらこパスタがいいです」

「え、たらこ大丈夫ですか？」

「日本に来て、たらこのおにぎりを食べる機会があったんですが、とても美味しかったんですよ。このパスタ、海苔《のり》も載っているみたいですね」

「しそも入ってますけど、ほんとうに大丈夫ですか。まあ、取りのければ平気か」

「なにごとも挑戦です」

「ですね。僕はトマトの冷製スープパスタにしよっと。すみませーん」

相原が手を上げ、注文してくれる。先にアイスコーヒーを運んでもらうことにした。

ストローでグラスの氷をからころとかき回しながら、相原が楽しげな顔を向けてくる。

「午前中はどうでしたか。挨拶回りをさせるなんて失礼かと思ったのですが、きっとアルフォンスさんなら早く現場に馴染みたいかなと思って」

「いい機会を与えてくださってありがとうございます。三十人近くに挨拶させていただいたのですが、皆さん、よい方ばかりでした。いきなり入社した私のことを温かく迎え入れてくれて」

「うちはそれなりに名の知れた企業ですけど、内部はオープンな空気なんですよね。国際事業部はとくに海外とのやりとりがメインなので、ポジティブなひとが多いです。アルフォンスさん、語学も堪能《たんのう》なんでしょう？」

「ええ、そこそこ喋《しゃべ》れます」

「こころ強い。僕らでも理解できない言語がありますから、そのときはぜひお力を貸してください」

「わかりました。頑張ります」

意気込むと、相原は「頼もしい」と笑う。

そこへ、ふたりぶんのパスタが運ばれてきた。

アルフォンスの前に置かれたのは、黒い海苔と、緑の葉を刻んだもの、そしてピンクのたらこが散ったパスタだ。

「この緑色の葉っぱが、しそ、というものでしょうか」

フォークですくい上げる。爽やかな色合いをしているが、どんな味なのか。

「外国の方にはちょっとわかりづらい味かも。無理しないでくださいね」

「これも日本の味を知る機会です。いただきます」

まずはしそだけを口に含み、「う」と声を漏らした。青味が強く、噛《か》もうにも噛めない。

「に、苦い……」

「ですよね。紙ナプキンがありますから、出しちゃってもいいですよ」

「いえ、……いえ、食べ、ます」

口内に広がるなんとも言えない味にむせそうになるが、あまり咀嚼《そしゃく》せずに一気に水で流し込んだ。

「っはぁ……」

「涙目ですよ、アルフォンスさん」

可笑《おか》しそうに言って、相原がウエイターを呼んで水のおかわりをもらう。それを飲み干し、うっすら目縁に溜《た》まった涙を指で拭う。

「お恥ずかしいところをお見せしました……」

「ふふ、日本人でもしそが苦手なひとはいますよ」

「日本にもこうした香草があるのですね」

「ありますあります。香草とはまた違うけど、ミョウガとか梅干し、鰹節《かつおぶし》なんかは日本らしい食材じゃないですかね」

「ミョウガに梅干し、鰹節……それらはどうやって食すのでしょうか」

「夏場が旬なので、キュウリとミョウガを細切りにして酢で味を調えると美味しいですよ。ちょっとしたおつまみにもなります。梅干しは炊きたてごはんがいい相性です。鰹節は出汁《だし》を取るのにうってつけですね。どちらもおにぎりの具材になるので、コンビニで手軽に買えます」

「ああ、おにぎり！　あれは美味しいものですね」

暁斗に握ってもらったおにぎりを思い出すと、いまでも食べたくなる。

「もう食べました？」

「縁があって日本の方の手作りおにぎりをいただきました。鰹節はおかか、というのですよね」

「そうですそうです。ほかにシーチキンや昆布のおにぎりもあります。コンビニや季節によって具材が変わるので、よかったらトライしてみてください」

「はい」

しそを皿の端に寄せ、海苔が振りかけられたたらこパスタを口に運ぶ。ぷちぷちした食感が楽しい。

「ところで、国際事業部というのはどんな仕事内容なんでしょうか」

アルフォンスの問いかけに、相原は「うーん」と唸《うな》る。

「幅広く手がけているので一概には言えませんが、グローバルに展開するイベントを仕掛けることが多いですね。ファッションショーに加わることもありますし、ＩＴイベントの開催を行ったりもします。日本の企業を世界に押し出す橋渡しをすることがメインです」

「なるほど……ＩＴというと……たとえばゲームなども？」

「ええ。日本のゲームは世界的に認められていますから。数年前からｅスポーツのイベントにも参加してますよ。アルフォンスさん、ゲームがお好きなんですか」

「大好きです」

思わず食いついてしまった。

「国にいた頃、日本のゲームやアニメ、漫画にはよく触れていました。オタク文化、最高です」

真顔で言うと、相原が腹を抱えて笑う。

「アルフォンスさんみたいな品のあるひとがオタクっていうのもなんだか意外ですね。でも、確かにそれらはここ最近日本の企業が力を入れている分野です。萌《も》えキャラで好きなものはありますか？」

「そうそう。萌え萌えキュンなキャラですよね。可愛《かわい》い女の子から愛くるしい動物まで幅広い。日本人は擬人化がお得意ですね。国や物でも、なんでも可愛く変身させてしまう。素晴らしい能力です」

「ですね。うちとしても、この先もうすこしオタク文化に深く関わっていきたいんですよ。アルフォンスさん、なにかいいアイデアあります？」

「そうですね……」

真面目に考えてみた。相原が言うeスポーツは主に格闘ゲームやアクションゲームで競い、王者を目指すイベントだ。報奨金も億を超える莫大《ばくだい》なものなので、ゲームを得意とする若者がどんどん参加していると聞く。

そこで頭に浮かぶのが暁斗だ。

彼の創る味わい深いゲームはeスポーツ向きではない。けれど、もっと多くのひとの目に触れてほしい。

「……たとえば、多くのゲームの中に埋もれている原石のような作品を集めて皆さんに遊んでいただくイベントとかいかがでしょう」

「お、結構楽しそう」

相原は先を聞きたがったが、あいにくランチタイムは終わりに近づいている。

「よかったらいま聞いたアイデア、ざっくりとでいいからまとめてみませんか？　形になりそうだったら、僕が後押ししますよ」

「ほんとうですか」

「はい。ワーホリの期間中に記念になるような仕事をしていってほしいです」

「頑張ります」

笑顔で請け合い、席を立つ。食事代を支払おうとした段になって、相原が押しとどめてきた。

「入社記念に僕がごちそうしますよ」

「そんな申し訳ない。私も出します」

「いえいえこのぐらい。気にしないでください。午後も書類整理、お願いしますね。ミーティング参加は明日からです」

「では、ありがたくごちそうになります。午後も目一杯働きます」

「その意気その意気」

明るい相原が相棒でよかった。会計の際にふと彼の左手に目をやると、薬指に銀色のリングがはまっている。

「立ち入ったことを伺って申し訳ないのですが、ご結婚されているのですか」

「おととし結婚したんですよ。一歳の子どもがいます。男の子でこれがもう僕によく似ていてめちゃくちゃ可愛くて。ほらほら」

スマートフォンの待ち受け画面には、可愛い幼児を抱く相原と、その奥方と思われる女性が笑顔で映っている。

しあわせな家族風景に自然と笑みがこぼれた。

「天使のような可愛さですね。とくに目元が相原さんによく似ています」

「でしょ？　も一、全身どこもかしこもむちむちぷにぷにで、仕事で疲れて帰っても、息子を抱き上げるといろんなことが吹っ飛んじゃうんですよね。いつも一緒にお風呂に入っているんです」

でれでれした相原が微笑《ほほえ》ましい。

「百点満点のお父様です」

「そう言っていただけると嬉《うれ》しいです。……その、アルフォンスさんはどうなんでしょう。王子様だと、あちこちから求婚されるでしょう。そろそろ身を固めるようにとご家族から言われませんか」

オフィスに戻る道すがら、相原がこそっと囁《ささや》いてくる。

「そうですね。ありがたいことにそういう話もあることはあるのですが、私はまだ決断がつかなくて。物心ついた頃から恵まれた環境で過ごしてきただけに、ひとりの人間として足りないものがたくさんあるように思います。たとえば、今日の午前中、オフィスの皆さんに身分を隠して楽しく話をするということも初めて体験しました」

そう言うと、相原が恐縮したような顔をする。

「あろうことか一国の王子をこき使って申し訳ありません」

「とんでもない。皆さんがどんなふうに仕事と向き合っているか垣間《かいま》見ることができて、とても勉強になりました。午後も愛情たっぷりに務めます」

「ですね。僕も全力でサポートします」

ほっとした表情の相原とオフィスに戻り、午後の仕事に就くことにした。相原の指示を聞きながら紙書類を次々に打ち込むことに徹する。

あまりに夢中になっていたのを気にしたのだろう、相原が耳打ちしてきた。

「適度に休憩してくださいね。打ち込み作業は目と肩を酷使しますから。空いてる会議室で十分ほど休みがてら、ストレッチしてきたらどうですか」

「そうですね。では、ちょっと席を外します」

相原のありがたい申し出にデスクを離れ、無人の会議室を探して入り、「会議中」の札を出して扉を閉めた。

高層階だけに、窓からの景色も抜群だ。遠くに見えるのは、東京《とうきょう》のアイコン、スカイツリーだろうか。スタイリッシュなデザインで、周囲に高い建物がないだけによく目立つ。

あちこち見回しながらぐうっと両手を天に向けて突き上げ、肩もぐるりと回す。座りっぱなしの作業だったので、屈伸運動を繰り返し、すっきりしたところでネクタイの結び目を直し、すこしの間椅子に腰かけた。

日本に来て間もないが、驚かされてばかりだ。

なんと言っても、暁斗のはっきりした二面性にはびっくりさせられた。

カフェ『雲』では完璧な笑顔で対応し、隙がない。

しかし、オフの彼は身なりに構わず、起きている間はパソコンにかじりついているようだ。言葉遣いも態度も、控えめに言って上品とは言いがたい。完全に荒々しいというわけではないのだが、『雲』での彼を知っている身としては驚嘆するばかりだ。

「……幼くして家族を失ったと言っていたな……」

ときどき、暁斗が遠くを見るような目つきをしているのが気にかかった。ぼんやりしているというより、完全に表情を失ったとでもいうような。

生まれながらにして親を知らないというのも不憫《ふびん》だが、物心つくまで愛情を注がれて育っていた子どもが、ある日突然家族全員を失う絶望感とはいかばかりのものだろう。

昨日まで確かにあった温《ぬく》もりをすべて失い、目を覚ますたびにもう自分はひとりきりなのだと、どうしようもない寂寥感に襲われていたに違いない。

事故で家族を亡くしたあと、暁斗は施設に預けられたと言っていた。その言葉からも、彼に親族はなく、天涯孤独の身と知れる。

そのことを我が身に置き換えて考えようとしてもうまくいかない。この世に生を受けてからというもの、両親、兄たちはもちろん、血の繋《つな》がる者たち全員に愛されてきたのだ。誰かを愛することには長《た》けていても、暁斗の身の上について簡単に『わかる』とは言えないし、言いたくない。彼にとって非常にナイーブな部分にたやすく触れて、いたずらに傷口を広げることはしたくなかったのだ。

腹を割って話すのはもうすこし先だ。

深く息を吸い込んで吐き、リフレッシュしたところで自席に戻ると、デスクにクッキーが置かれていた。

「それ、出張から帰ってきた奴《やっ》のお土産なんですよ。すごく美味しいから、アルフォンスさんもどうぞ」

「これはこれは、ありがとうございます」

試しにひとつ口にしてみると、ココア生地に香ばしいナッツがふんだんに練り込まれていてとても美味しい。

個包装されたクッキーはあとふたつ。これを暁斗にも食べてほしい。

六時のチャイムが鳴るのと同時に、相原が「お疲れ様でした」と声をかけてくる。

「初出社、疲れたでしょう。今日はもう帰っていいですよ」

「わかりました。ではまた来週」

クッキーを鞄《かばん》にしまい、アルフォンスはフロアに残る相原や社員たちに挨拶をしてオフィスをあとにした。

向かうは秋葉原《あきはばら》だ。

一日、真面目に働いたことで身体《からだ》はくたくただが、言いようのない充実感に包まれていた。早く暁斗に会って今日の出来事を話したい。通い慣れた『雲』の扉を押すと、「いらっしゃいませ」と明るい声が聞こえてくる。

「アルフォンスさん、こんばんは」

白のシャツに黒のベスト、蝶《ちょう》ネクタイを着けた暁斗が笑顔で迎えてくれる。

何度目にしても、雑なオフの彼とは別人に思えて仕方がない。もしかしたら双子なのではないかとすら思う。

「いつもの席、空いてますよ」

「ありがとう」

窓際のテーブルに腰を下ろし、ぱらりとメニューをめくった。

水を運んできた暁斗が、「今日のおすすめはティーソーダです」と言う。

「爽やかで美味しいですよ」

「では、それをいただこう。ああ、暁斗さん、あなたにお土産があるんだ」

「お土産？」

鞄の中に大切にしまっていたクッキーを渡すと、暁斗がにこっと笑う。そこに偽りはない。

「ここのクッキー、大好きなんですよ。どなたかにいただいたんですか」

「今日、初出社した会社でお茶の時間に出たものだ。暁斗さんにも食べていただきたくて」

「嬉しいな。ちょうど小腹が空《す》いてたんです。ありがたくいただいちゃいますね」

「どうぞ」

暁斗が引っ込み、しばらくして琥珀色《こはくいろ》の液体で満たされたグラスを運んでくる。

店内の客はアルフォンスひとりきりだ。あたりを見回した暁斗が脇に立つ。

「どうでしたか、初仕事」

「すこし緊張したが、皆さんとてもよい方ばかりでつつがなく終わらせることができた。フロアの皆さんに挨拶したあと、紙書類をずっとパソコンに打ち込んだ」

「へえ、結構大変な作業でしょう。僕も昔ノートに書き付けたものをときどきパソコンに打ち込んでいるんですが、あれ、肩が凝るんですよね」

いまさらだが、暁斗はオフでは『俺』、『雲』では『僕』と使い分けている。気分をしっかり切り替えるためなのだろう。

「打ち込み作業って、つい熱中してしまいますよね」

暁斗と喋りながらティーソーダを味わっていたら、あっという間に飲み終わってしまう。意外と喉が渇いていたようだ。空腹も感じる。

ぐるると鳴る腹をとっさに押さえると、暁斗が可笑しそうに肩を揺らす。

「もしかしてアルフォンスさん、お腹減《なか》ってます?」

「お恥ずかしながら」

「だったら、今夜うちにごはん食べに来ませんか。たいしたものは作れませんけど」

「いいのか?」

思ってもみない申し出に顔を輝かせると、暁斗がこくこく頷く。

『雲』もあと三十分ほどで閉店なので、一緒に帰りましょう」

「わかった。おとなしく待っている」

「じゃあ、ちゃちゃっと厨房《ちゆうぼう》を片付けてきちゃいますね」

そう言って暁斗はカウンター奥へと姿を消す。

彼を待っている間、スマートフォンで今日のニュースを読んで過ごした。政治、経済、芸能、スポーツ。エディハラとはまったく違う文化で、流れ込んでくるニュースのどれもが新鮮だ。

エディハラではアイスホッケーやサッカーが盛んだ。対して日本では野球が人気らしい。サッカーもファンが多いようで、いろいろと見比べるのも楽しい。

「お待たせ、アルフォンスさん。行こう」

黄色のシャツとジーンズを身に着けた暁斗が近づいてくる。早くもオフのスイッチが入っているようだ。

「店じまいはいいのか？　後片付けぐらい、手伝うが」

「大丈夫。店長がやってくれるから。うちによく来てくださるアルフォンスさんのこと、店長も気に入っているんだよ」

「それはありがたい。では、出よう」

並んで店を出て、大通りを目指す。

「秋葉原は夜も元気だな。ネオンがまぶしい」

「日本一の電気街だから。いまはオタクの聖地でもあるけど。メイド喫茶がたくさんあるしさ」

「メイド喫茶、日本にいる間一度は行きたいものだ。『萌え萌えキュン』と言いながらオムライスに魔法をかけてくれるんだったな」

「よく知ってるね」

楽しそうな暁斗と一緒に電車を乗り継ぎ、落ち着いた雰囲気の清澄白河《きよすみしらかわ》までやってきた。秋葉原の喧噪《けんそう》は遠く、寺院が多いこの街は夜になるととても静かだ。

これまでにも何度か暁斗の部屋を訪ねていた。そのたび、彼が制作中のゲームのデバッグを手伝い、近所の定食屋に行ったり、あちこち散歩したりもした。

いまのところ、気の置けない友人といった関係だ。

最初に銭湯へ一緒に行ったときに感じたときめきを追いたくて、できることならもっと距離を縮めたいが、どうすればいいのだろう。

あれこれ考えているうちに暁斗の部屋へと着いた。

「邪魔をする」

用意されているスリッパを履き、ジャケットを脱ぐと暁斗がハンガーにかけてくれる。ネクタイをゆるめている間、暁斗は寝室でルームウェアに着替え、「あー、疲れた」と表向きの顔をかなぐり捨てる。その勢いたるや、見事としか言いようがない。よく誰にもバレずにすんでいるものだ。

「暁斗さんは丁寧な暮らしをされているのだな。この部屋も心地好《よ》い」

「古アパートでも、２ＤＫあるのはありがたいよ。作業部屋と寝室はわけたかったからね。作業に熱中しちゃうと寝るのも忘れるけど、やっぱり一段落つくと静かな部屋で寝たいし」

「その気持ちはわかる。私も祖国にいた頃、寝室には気を遣っていたからな」

言いながら暁斗が忙《せわ》しげにぱたぱたと動く。冷蔵庫を開けて野菜や肉を取り出し、キッチン下の戸棚からはプラスティックの箱を出す。

「暁斗さん、それは？」

「米。虫予防に唐辛子を入れてる」

「へえ……生活の知恵、というものだな」

　立ち働く暁斗を見ていたらうずうずしてきた。招かれた立場とはいえ、自分だけ椅子に座っているのは落ち着かない。

「暁斗さん、私にも手伝わせてほしい」

「え、でも、すぐに作れるよ」

「なにを作るつもりなのだ」

「カレー。日本ではポピュラーな食べ物なんだけど、アルフォンスさん、食べたことはある？」

「いや、まだ」

「だったらちょうどいい。辛い味つけは平気？」

「大丈夫だ。むしろ好きだ」

「じゃ、にんじんの皮剝《む》きお願い」

　オレンジ色のにんじんとピーラーを手渡されて、にわかに緊張してきた。

　手伝いたいと申し出たとはいえ、生まれてこの方、包丁すら握ったことがない。ましてや銀色のピーラーなんか初めて目にする。

　にんじんとピーラーを手に、途方に暮れているアルフォンスに気づいた暁斗が笑いかけてきた。

「もしかしてにんじんの皮、剝いたことない？」

「恥ずかしながら……」

「アルフォンスさん、育ちがよさそうだもんね。あ、嫌みじゃないから。あなたほど気品のあるひとって俺、見たことないんだよ。いまも一緒にいるのが不思議な気分。アルフォンスさんほどのひとだったら、どこかの王宮で家臣をたくさん抱えて優雅に暮らしていてもおかしくないイメージだから」

暁斗の言葉にひやりとする。まさか正体がバレていないだろうか。

自分では意識していないが、長年、王子として公務に携わっていたのだ。四人の兄のうち、長兄はいずれ父の跡を継ぐべく、さまざまな政務に関わっているが、第五王子のアルフォンスといえば比較的自由なほうだった。時間があれば狩りを楽しんだり、街に出て庶民の暮らしを眺めたりすることもした。

「にんじんは、どうやって切るのだ」

「こう握って、上からピーラーをすーっとすべらせれば……ほら、剝けた」

「おお、なるほど。では私も早速」

「刃が結構鋭いので、ゆっくりやってね」

「わかった」

暁斗はごろっとしたじゃがいもの皮を器用に包丁で剝いていく。男ふたりで立つキッチンは狭いが、ふたりで力を合わせながら料理をしていると思うと楽しくなってくる。

大きめのじゃがいもの皮を三つ剝いて、次は玉ねぎに取りかかっている暁斗がなにげない感じで訊《き》いてきた。

「アルフォンスさんの住む国ってどんなところなの」

「私の国、か」

ここは用心して答えなければ。うかつにエディハラという名を口にすれば、インターネットで検索し、一発で正体がバレる恐れがある。公務の際、メディアに数えきれないほど写真を撮られているため、アルフォンスがエディハラの第五王子だと暁斗が突き止める可能性がある。

嘘《うそ》をつくのは気が進まなかったが、これも日本で暁斗と過ごすために必要なことだとおのれに言い聞かせ、エディハラと隣り合う国の名を出すことにした。

「ミルデンという国は知っているか?」

「聞いたことがあるような……北欧の国だよね」

「ああ、私はそのミルデンの出身だ。国土は日本と同じぐらいだが、その大半は山林で、国民はひとかたまりになって暮らしている。夏は短く、冬は長い。実際に住んでみると暮らしやすくてとてもいい国だ。ひとびとは情に篤いし、長い冬をとことん楽しむ術《すべ》を知っている」

「たとえば?」

「アイスホッケーやスキー、クロスカントリーが盛んなので、若者は家に閉じこもっていないで、雪が降っていても外で遊ぶことが多い。身体が冷えたらサウナに入り、薪《まき》ストーブで暖めた室内でカードゲームに興じたりもする。日本のゲームも大人気だ。対戦できる作品はみんなで競い合う」

実際にアルフォンスは対戦ゲームで遊ぶ際、生真面目な忠臣のエリックをつき合わせている。公務に忙しいエリックは『このような子どもが遊ぶものを……』とぶつぶつ言いながらも、いざ対戦を始めると勝つまでむきになるのがいつも可笑しかった。

「北欧だったら、もしかしてオーロラも見られる?」

「しょっちゅう。夜空を美しく彩るあのカーテンのような光は、何度見ても飽きないものだな」

「いいな……俺、生きてる間に一度はオーロラが見たいんだ。子どもの頃からの夢で」

玉ねぎをざくざくと切っていく暁斗の声に憧憬《しょうけい》が混じる。

「昔さ、施設にいた頃、好きな絵本があったんだ。魔女の呪いで氷の城に閉じ込められたお姫様が、窓から見えるオーロラだけをこころのよすがにして、いつか自分を救い出してくれる王子様を一途《いちず》に待っている、そんなお話。お姫様が毎晩のように見ていたオーロラがどんなに美しいものか、想像するだけで楽しかった。俺も、施設に閉じ込められていたようなものだったから」

「そう、か……。あなたを扶養してくれる方はいなかったのか」

深入りしていると思ったが、聞かずにはいられなかった。

暁斗はくちびるをきゅっと嚙み、鍋で玉ねぎを炒《いた》め始める。派手な音にまぎれて、「いたことはいたんだけど」とか細い声が返ってきた。

「俺が小学生に上がる前かな……。とある会社の社長夫妻が俺を引き取りたいと言ってきたんだ。自分たちには子どもがいないからって。正直、嬉しかった。他人だとしても、誰かの子どもとして愛されるかもしれない。そう考えたんだけど、彼らは俺を引き取るなり、家のこまごまとした家事を片付けるよう言いつけてきて、必要なときだけ上等な服を着せて、表に出る。かりそめの家族だったんだ」

なんと言っていいかわからないほど、暁斗の声は乾いていた。

「結局、お金持ちのお飾りなのかと思ったら悔しくて、悲しくて。それでも必死に耐えたんだけど、小学三年生の頃にいきなり施設に戻された。そのかわり、俺よりもっと素直で可愛い子が引き取られていったよ」

ふっと言葉を切った暁斗がうつむく。

「俺の存在意義ってなんなのかなって考えたら眠れない夜もあった。――だから俺、金持ちがきらいなんだ。気まぐれで、傲慢で」

淡々とした声で言う暁斗の横顔をじっと見つめた。

生い立ちを聞いてわかった。暁斗は年齢よりも若く見えるが、芯は強い。

愛されるかと思ったらそれはまやかしで、こころに深く傷を負ったのだろう。そして、ひとりで生きていくことを選んだのだ。

孤独でせつないこころを抱え込んで生きてきた暁斗のことを思うと、胸の奥が締めつけられる。

「……暁斗さん」

知らず知らずのうちに彼を背後から抱き締めていた。自分よりも低い頭に頬を擦りつけ、慰《い》撫《ぶ》すると、暁斗が慌てる。

「ま、待って、アルフォンスさん、火を使ってる最中だから」

「どれぐらい待てばいい？」

真剣な声で問うた。暁斗への想《おも》いは増す一方で、離したくても離せない。

「……とりあえず、カレー、食べよう」

「その後だったらまた抱き締めても？」

暁斗の耳たぶがじわじわと赤く染まり、やがて、こくんと頷く。

「では食べよう。すぐに食べよう」

「……もう。ええと、スープはインスタントにするね。サラダはフリルレタスとトマトにして……」

「私が運ぼう」

率先して動き、食卓を整えた。スパイシーないい香りがする。暁斗がふたりぶんの皿にごはんを盛りつけ、その上からよく煮込んだカレーをかける。食欲を刺激する匂いに腹が鳴った。

向かい合わせに座り、「いただきます」と手を合わせる。

まずはサラダをひと口。シャキシャキしたフリルレタスと甘酸っぱいトマトが新鮮だ。スープには黒い布のようなものが浮いている。

「暁斗さん、あの、この布きれはなんだろう」

「わかめ。海で採れるんだよ」

恐る恐る食べてみると、ややぬめった風味だ。美味しいかと言われると言葉に窮する。しかし、スープは香ばしい。

いざカレーを口にし、「……ん!」と声を上げた。

「ごはんとこのブラウンの液体がよく合っている。なんて美味しい……」

「気に入ってもらえてよかった。簡単に作れるから俺も好きなんだ」

「暁斗さんは料理上手だな。私も今度なにか作って差し上げたい」

そう言うと、暁斗がはにかむような笑みを浮かべた。

「一緒に食べてくれるだけで嬉しいよ。俺、たいていはひとりで食べるから」

笑ってはいるが、けなげな言葉が胸を刺す。

当たり前の愛情に恵まれてこなかった暁斗だが、きちんとひとりで生計を立て、ゲームという未知の魅力を含んだ作品創りに精魂傾けている。

それがどれだけまぶしいか。ひとりで食事するのはアルフォンスも同じだが、月に一度はエリックがやってきて暮らし向きを訊《たず》ね、部屋の隅々まで掃除し、冷蔵庫を満杯にしてくれる。同じひとりと言えど、後ろ盾がない暁斗と、王子のアルフォンスとでは大きな差がある。

『だから俺、金持ちがきらいなんだ。気まぐれで、傲慢で』

先ほどの言葉が意識に染みこんでいた。

なにかのきっかけでアルフォンスがエディハラの王子だと露見したら、暁斗はきっと嫌悪感を示すだろう。

出会ったときは単なるワーキングホリデーでやってきた外国人、という設定だ。

しかし、いつまで隠しとおせるか。

もともとアルフォンスは隠しごとが苦手だった。幼い頃から嘘をつけない子どもだった。これがいずれ、さまざまな謀《はかりごと》がひそむ国政を担う立場だったら弱点になっただろうが、よくも悪くもアルフォンスは大勢のひとに愛され、まっすぐに育ってきた。

その愛情をあらわにしてしまったら、暁斗は鬱陶しがるかもしれない。暑苦しいと思われるかもしれない。

カレーを食べながら物思いに耽《ふけ》り、沈黙が続いたところで、「そうだ」と顔を上げた。

「今日、会社の先輩とランチをともにしたのだが、そこでゲームの話題が出たんだ。最近はe

スポーツが人気だな。白報堂も協賛として参加しているそうだ」

「あれは対戦型のゲームが主だよね。他人と競い合って強さを示す作品が好まれる」

「ああ。だが、私としては、暁斗さんが創るような味わい深い作品がもっと多くの方に見てもらえる機会があったらいいなと思って。インディーゲームを集めたイベントがあったら、暁斗さん、参加してくれるか」

「イベント、か……」

「気が乗らないか?」

無理強いはしたくない。暁斗は腕を組んで、しばし考え込んだのち、顔を上げる。

「いままでネットにアップするだけだったけど、アルフォンスさんみたいに実際プレイしている場面を見られるのって、思った以上にやる気が出るんだよね。俺のゲームで遊んでくれるひとをこの目で見られたら、って思うとどきどきするけど、一度ぐらいは……」

「ぜひ参加してみよう。私で役に立てることがあったら、なんでもする」

自分でも必死だと思う。暁斗の気を引きたくて仕方がないのだ。

「まずはこのお皿を洗おう。ほんとうに美味しいカレーをありがとう」

「お粗末さまでした」

食べ終えた皿をシンクに運んで次々に洗う。日本に来てから人生初のひとり暮らしを謳歌《おうか》している真っ最中なので、ひととおりの家事はできるようになった。なかでも、皿洗いは好きだ。

泡切れのいい洗剤を使ってスポンジで皿を磨いている間は無心になれる。

ふたりぶんの皿洗いはあっという間に終わった。その間に暁斗は風呂を洗い、湯を張っていた。食後のアイスコーヒーを飲みながらゲームについていろいろと語りながら盛り上がっていたら、もう夜の九時を過ぎていた。

「すまない、長居してしまって。そろそろ帰る」

壁の丸時計を見上げながら立ち上がると、「……え、でも」と暁斗が腰を浮かせた。

「まだそんなに遅いわけじゃないし。そうだ、せっかくだから風呂に入ってかない？　銭湯ほど広くないけど」

その言葉に驚くと、暁斗はうっすらと顔を赤らめながら視線をさまよわせている。

「というか……今夜、うちに泊まらない？　まだ話したいし」

思いがけない誘いに、胸が躍り出す。

明日は土曜だから、泊まっても問題はない。けれど、自分の理性が保《も》つだろうか。

銭湯に一緒に入っただけでどきどきしていたのに、自宅でくつろぐ暁斗や、寝顔を見たら、さすがにどうにかなりそうだ。

だが、この誘いを蹴ることはできない。ここで帰ったら男の名折れだ。

おのれを律することぐらいできる。まだ話したいのは自分だって同じなのだし。

「では、ありがたく泊まらせていただこう。風呂を借りる前にコンビニで下着を買ってくる」

「アパートを出て右に二分ぐらい行ったところにあるから。パジャマはええと、俺のでよければ大きめサイズのものを用意しておくよ」

そこまで聞いたらもうコンビニに走るしかない。

急いでコンビニで下着と歯ブラシを買い求め、前のめりでアパートへ戻った。

「ただいま」

「おかえりなさい」

ベッドメイクをしていた暁斗が笑顔を向けてくる。

最初の頃のような仏頂面が嘘みたいだ。それだけ馴染んでくれたということだろう。

おかえりなさい、というひと言がこんなにも胸に染みたことはない。

「パジャマ、出しておいた。風呂、先にどうぞ」

コンビニにひとっ走りしたのでいい汗をかいた。ネイビーのパジャマを受け取り、暁斗のボディソープやシャンプーを借りて身体や髪をいつもより丁寧に洗い、すぐさま出た。

そんなに湯に浸《つ》かっていないのに、頭がのぼせそうだ。

「暁斗さんもゆっくり温まってきてくれ」

「うん」

ベージュのパジャマを持って暁斗がバスルームへと姿を消す。

扉一枚隔てた向こうに裸の暁斗がいる。そう思うとくらくらしてくる。経験がないわけではないのに、暁斗のことを考えると血の気が上がる。

シャワーの音がかすかに聞こえ、頭を抱えた。湯上がりの暁斗をひと目見ようものなら、その場で抱き締めそうだ。

「はぁ、気持ちよかった」

タオルで頭を拭きながら出てきた暁斗の上気した肌を見たら、挙動不審になってしまう。できるだけ彼から視線をそらそうとするアルフォンスの不自然な態度に気づいたのだろう。

「どうかした？」

「なんでも……ない」

「顔真っ赤だよ。お風呂熱すぎたかな。なにか飲む？ 麦茶とかどうかな……」

冷蔵庫に向かう暁斗のうなじがほんのり赤らんでいるのを目にした瞬間、我慢できない。

椅子を蹴るように立ち上がり、背後から暁斗をかき抱いた。

「あ、アルフォンスさん……？」

「すまない。すこしこのままでいてくれ」

振り向こうとした暁斗の肩口に額を押しつけ、荒ぶる感情を必死になだめようとした。しかし、彼の体温を感じれば感じるほど落ち着かなくなってくる。

どうすればいいのだろう。暁斗から離れたほうがいいのか。だけど、離したくない。

腕の中の暁斗がもぞもぞと身じろぎし、くるりと向き直る。そしてアルフォンスを見上げてきた。

「……俺、あの……」

それだけ言って口ごもる暁斗がいとおしい。

強引に迫るのは趣味ではないので、念のために訊いてみた。

「私に抱き締められていやじゃないか」

「いやじゃ、ない。むしろその逆で……嬉しい」

その先を言わせるほど野暮ではない。暁斗の顎をつまみ上げ、やさしくくちづけた。

「……っ、ん」

くちびるを甘く吸い取り、かすかなあえぎも飲み込んだ。つま先立ちする暁斗の背中を支え、ちゅ、ちゅ、と重ねていく。

ただ重ねるだけなら、すでに体験している。今夜はもっと暁斗を感じたかったから、頤《おとがい》を押し下げ、薄く開いたくちびるに舌を割り込ませた。

「……ッ」

くにゅりと挿し込んだ舌に暁斗がびくんと反応する。だが、逃げるわけではない。舌をくねらせて口内を探り、暁斗の感度を確かめた。すこし舌を動かしただけで身体を震わせる暁斗は、たぶんまっさらな身体なのだろう。

なんの経験もない暁斗を怖がらせたくないから、慎重に舌先を絡め取り、やさしく吸い上げる。とろりとした唾液を伝わせると暁斗は素直にこくりと喉を鳴らす。なにをしても感じやすい暁斗を繰り返し抱き締め、だんだんと深く絡めていった。

「っふ……ぁ……っ、ん……」

息を切らす暁斗が可愛い。うずうずと舌を擦り合わせれば、甘やかな声が漏れ出す。

「は……っぁ……あ、キス、……すごい」

「一度、銭湯でしたな」

「……ん。でも、あのときよりもっとすごい……ほんとうのキス、って感じ」

「誰ともしたことがないのか」

「アルフォンスさんが初めてだよ」

暁斗が浅く顎を引く。

「ならば、僭越《せんえつ》ながら私にリードさせてほしい」

「どんなことを……？」

その声にわずかな不安を感じ取ったアルフォンスは暁斗を安心させるように微笑んだ。

「私の愛のすべてを」

暁斗の手を取り、寝室へといざなう。

初めて足を踏み入れた寝室は薄暗い。

「明かりを点《つ》けてもいいか」

「ベッドランプなら……」

恥じ入る声を聞きながらベッドヘッドを手探りし、探り当てたスイッチをかちりと押すとほのかな明かりが点いた。

緊張させないよう暁斗を抱き締めながらくちづけ、そっとベッドに組み敷いた。シングルベッドは大人ふたりが寝そべるにはさすがに狭いが、そのぶん距離が埋められるのがいい。彼に覆い被《かぶ》さって濃密に舌を絡め合いながら、パジャマのボタンを外していく。

一つ、二つ、三つ。四つ目を外したところではだけると、平らかな胸があらわになった。

これまで一度も同性の身体に欲情することはなかったが、暁斗は違う。透きとおるような肌の隅々まで触れたいし、どこもかしこも甘く蕩《とろ》かしたい。初めての相手が自分になるならば、けっしていやな思いはさせたくなかった。

ほんのりと朱に染まる胸の尖《とが》りを目にし、鼓動がどくどくと強く打ち出す。弄《いじ》りたいし、舐めてみたい。

本能のままにちいさな乳首を口に含んですすり上げると、暁斗があえかな声を漏らした。

「……ぁ……アルフォンスさん、そこ……、そんな、とこ……っ」

肉芽を舌先で押し上げ、こりこりと転がし、たっぷりと吸う。それだけでふっくらと腫れ上がる暁斗の可愛い尖りに夢中になった。

くちゅくちゅと舐めすするだけでは満足できず、軽く歯を立てると暁斗が身体をしならせる。

「暁斗さんのここ、とても感じるようだ」

「ん、んっ、でも、……でも、俺、男なのに、……胸で感じるなんて……変じゃ、ないかな……」

「そんなことはない。暁斗さんの身体すべてが敏感だから、ここもきちんと愛してあげればもっとよくなるはずだ」

「……もっと？」

期待と含羞を含んだ声に頷き、片側の乳首を吸い上げながら、もう片側を指で転がす。指の腹で肉芽を押しつぶすようにするといいらしい。暁斗の下肢が硬く育ち、パジャマのズボンを押し上げる。

それを察してズボンの上からゆるく擦ると、ひくひくと身体を震わせる暁斗が肩に爪を立ててきた。

「だ、め……だめ、だってば……吸いながら……触らない、で」

「やめたほうがいいか」

いやがることはしない。そう約束したのだから手を離すと、途端に暁斗が物足りなさそうな顔をするのもまた可愛い。

「ふふ、暁斗さんは私をおかしくする天才だな。すこしだけ、私の好きにしてもいいか」

「……痛くない、ことなら」

「それは絶対にしない。よくてよくて、あなたが泣いてしまうぐらいに愛してあげたい」

熟れた乳首を舐《ねぶ》りながら下着ごとパジャマのズボンを引き下ろす。

硬く育った肉茎がぶるりと震えながら剝きだしになる。熱く突っ張った皮膚にやんわりと指を絡め、ゆったりと扱《しご》いてやった。

「あ、あ……！」

手の中の暁斗はとても熱くて、二度三度扱いただけで達してしまいそうだ。そうするのは簡単だが、まだまだ味わいたい。暁斗と深いところまで行きたい。

つぶらかな乳首から口を離すのは惜しいけれど、もっと口にしたいところがある。全裸の暁斗をじっくりと眺め、薄い茂みを指先でかき回してから、おもむろに顔を沈めた。

「ん、ぁ……」

手で触られることはあっても、口に含まれるところまでは想像していなかったのだろう。暁斗の身体が大きく跳ねる。

口内で感じる暁斗はとろっと愛蜜を零《こぼ》し、すすり上げると淫らな音を響かせる。

「ぁ、あっ、あっ、やぁ……っだめ、そんなふうにしたら……っ」

「そんなふうにしたら？　その続きを聞かせてくれ、暁斗さん」

舌先で亀頭をずるく捏《こ》ね、押し返す。暁斗の息遣いが乱れたのを狙ってじゅぽじゅぽといやらしい音を立てながら舐め上げてやった。くびれをぐるりとなぞり、先端の割れ目に舌先を抉《えぐ》り込ませてくちゅくちゅと舐ると、暁斗の両腿《りょうもも》に力がこもる。

「おねがい……っ、もう、もう、それ以上は……」

「達してしまいそうか。だったら、私の口の中で」

「んんっ、あ、あ、だめなのに……っ出る……っ！」

弓なりに身体を反らせた暁斗がどっと精を放ち、アルフォンスの口を満たす。

「はぁ……っあ……っ……あ……っ」

若々しい味は癖になりそうだ。最後の一滴までずずっとすすり上げ、くたんと脱力する暁斗を裏返し、薄い尻に両手を食い込ませた。

むにむにと揉《も》みほぐしてやれば、暁斗が「――ん」と背を反らす。

「アルフォンスさん、……そこ……」

「私と繋がってほしい。暁斗さん」

形のいい尻を存分に揉みしだき、暁斗の腰を摑《つか》んで四つん這《ば》いにさせた。

「あ……！」

秘所をさらす格好になった暁斗は枕に顔を押しつけ、くぐもった声を上げる。

一国の王子という立場をこの瞬間だけは忘れ、ひとりの男として暁斗を愛したかった。いとおしいと思うひとの気持ちいいところを探し当て、ともに高みへと登り詰めたい。そのためなら、どんなことでもする。

丸い尻を両手で左右に割り開き、きつい窄《すぼ》まりに舌をあてがった。

いきなり指を挿《い》れるのはつらいだろうから、まずは孔の縁を舐め蕩かし、すこしずつ舌先をもぐり込ませていった。

「んぅ……っう……あぁ……っ」

丹念な愛撫に窮屈な秘所がすこしだけ広がったことで、指をゆっくり挿れてみた。

「いやではないか」

「……んっ……ん、へんな、感じ……なんか、奥のほう、むずむず、する……」

「だったら大丈夫なはずだ」

熱い肉襞《にくひだ》をやさしくかき回し、指が二本挿《はい》ったところで上向きにゆっくり擦った。

「っぁ……！」

「ここが暁斗さんのいいところなのだな」

傷つけないように指を抜き挿しすると、媚肉《びにく》がやわやわとまとわりついてくる。

アルフォンスの指で開いていく身体がこのうえなくいとおしかった。

前に手を回すと、暁斗のものが再び硬くなっている。それを巧みに扱きながら後孔を広げていき、快感はすべて繋がっているのだと暁斗に教えたかった。

叶《かな》うならば胸の尖りも愛したかったけれど、この体位では無理だ。だが、最初はうしろから繋がるほうが暁斗の負担はすくないはずだ。そう言いたかったけれど、アルフォンスの指を咥《くわ》え込んだ暁斗は色香に満ちた吐息を漏らすだけでいっぱいいっぱいのようだ。

ぐるりと襞をなぞって指をちゅぽっと引き抜くと、内壁が悩ましくうごめく。

そこで初めてアルフォンスはパジャマと下着を脱ぎ捨て、猛《たけ》る雄を握って狭い孔に押し当てた。できるだけ愛撫したが、こんな狭い孔にほんとうに挿るのだろうか。

いざとなると気が引けそうだが、肩越しに暁斗が振り返り、涙混じりに呟《つぶや》いた。

「俺と……繋がって」

「暁斗さん」

ぱくんと心臓が跳ねる。暁斗自身は気づいていないだろうが、その声は確実に男を殺す声だ。

「つらかったら言ってくれ」

「……うん」

暁斗の細腰を引き上げ、剛直をゆっくりと押し込んでいく。ひくつく孔に吸い込まれそうで、どうかすると力尽くで抱いてしまいそうだから、何度も深呼吸した。

「暁斗さんの中がとても熱い……」

「あっ……！　すごい……おっきい……っ」

ぬぐぬぐと隘路《あいろ》を押し広げている最中も、媚肉が熱くひたひたと絡みついてきて、どうにかなりそうだ。暁斗の身体はどこもかしこも熱くて、薄く汗ばんでいる。

「気持ちいい……」

思わず本音が零れた。浅い箇所で軽く抜き挿しすると、敏感な縁を擦られて未知の快感に目覚めた暁斗が低く呻《うめ》く。

「そこ……っあ、あ、……いい……」

「よかった。あなたも感じてくれているんだな」

勇気を得て、ずんっと最奥まで突き込む。みちみちにはめ込んだ肉棒を絡め取る肉襞の淫猥《いんわい》さに息を呑んだ。普段、性的な衝動はあまり感じないほうだったが、暁斗が相手になるとすべてがくつがえる。

のぼせた気分でずちゅずちゅと貫き、暁斗の中を満たす。先ほど指で探った部分を押しつぶすようにすると、暁斗がとうとうしゃくり上げた。高く上げた腰をたどたどしく揺らし、アルフォンスを誘う。

最奥を亀頭で舐め回すようにし、時間をかけて引き抜き、ずくんと埋め込む。その緩急がたまらないのだろう。暁斗が背中をしならせ、枕をかきむしる。

あまりの快感にくらくらしてきた。背後から暁斗に深く覆い被さって腰を大きく遣い、すべてを味わおうとした。

いい、すごくいい。

ずくずくと突き込んで、それでもまだ物足りなくてうなじに噛みついた。

「ん――……っ！」

年下の彼の中が気持ちよすぎて止まれない。ずんずんと貫き、しっとりと官能に濡れた肉洞がまとわりつくのをいじらしく思いながら、たっぷりと擦ってやった。自分だけが感じるのではなく、暁斗にも初めての体験に溺れてほしい。ガチガチの性器を握り、扱いてやる。

暁斗の最奥がきゅうっと締まる。限界が近いのだろう。

「も、……ぉ、だめ……っイきたい……イっちゃう……っ」

「私もだ。あなたの中でイきたい」

「ん、っ、い、いい、……イって……あぁ、あっ、イく……！」

きゅうきゅうとうねる暁斗に負けて、どくんと身体を震わせて撃ち込んだ。同時に暁斗もどっと吹き零した。暴発、という言葉がぴったりだ。髪を振り乱す暁斗は繰り返し繰り返し吐精し、アルフォンスの手を濡らす。

飲みきれない精液がちいさな孔からこぽりと零れ落ち、つうっと内腿を伝い落ちていく。

ふたりして息を切らしていた。極彩色の快感に呑み込まれて、言葉も出ない。

シーツに沈み込む暁斗の背後から耳たぶを甘噛みし、「どうだった？」と訊いてみた。

「……初めてなのに……本気でおかしくなるかと思った……」

「私もだ。暁斗さんがひどく感じやすくて、気持ちよすぎた」

繋がったままでは暁斗もつらいだろう。

ずるりと抜こうとすると、孔がきつく締まる。

「暁斗さん？」

「……抜かないで、ほしい」

「でも、このままではあなたがつらいだろう」

「もう一度……教えて。アルフォンスさんがまだ足りない」

熱に浮かされた視線がこころを惑わせる。

それはこっちも同じだ。

初めての交わりだから気遣ったのだが、暁斗に次の快感をねだられて自制が利かなくなる。

「いいのか、もう一度抱いても」

「うん……もう一度だけ」

「今度は手加減できないかもしれないぞ」

「……アルフォンスさんの好きにして」

そこまで言われたら引けない。真っ赤な耳たぶにくちづけて、ぬるりと濡れた肉洞に雄芯を埋めていった。

もう一度、なんて約束できない。

朝が来るまで、この熱い身体を離せない。

5

ひとたび身体《からだ》を重ねたら、ほんとうに離せなくなってしまった。何度も抱いた翌朝、暁斗《あきと》を風呂に入れている最中に、「帰らないで」と言われたのだ。

初めての経験で混乱しているのかもしれない。そう思ったが、風呂から上がったあとも暁斗はぴったりと身体を寄せてきて、離れたがらなかった。

アルフォンスとしても、このまま涼しい顔で暁斗宅を去るつもりはなかった。週末ということもあって、蜜のような時間を過ごした。しかし、月曜からは仕事だ。どうしようかと考えあぐねていると、暁斗がおずおずと切り出してきた。

「あの、よかったらしばらくここで暮らさない？　部屋はふたつあるし、俺は客用布団を使ってそこで寝るから、アルフォンスさんはベッドを使ってよ。よかったら、なんだけど……。あなたと一緒にいると楽しいし、ゲームの話もできるし、デバッグも手伝ってもらえるし……」

消え入る声にほのかな寂しさを聞き取り、暁斗をぎゅっと抱き締めた。

言われなくても、デバッグぐらいいくらでも手伝ってやる。互いにどんなゲームが好きか、これからどんな作品を創ってみたいか、話し出したら時間はいくらあっても足りない。

「では、試しに一週間ほどお邪魔したい」

「ほんとうに？」

ぱっと顔を輝かせる暁斗に「ああ」と微笑《ほほえ》んだ。

「一度自宅に戻って、着替えや必要なものを持ってくる」

「わかった。その間にスーパーで客用布団を買っておくね」

傍目《はため》にもうきうきしている暁斗がいとおしくてたまらない。急いで自宅に戻り、スーツケースに着替えを詰め込んでいるところで、部屋のチャイムが鳴った。

インターフォンを見ると、忠臣のエリックだ。そういえば月に一度、アルフォンスの様子を見に来る日だと思いだし、エントランスのオートロックを解除してやった。

ほどなくして部屋にやってきたエリックはシックなダークグレイのすっきりしたスーツに身を包み、理知的な印象を強めるメタルフレームの眼鏡をかけている。

「お久しぶりです、殿下。日本滞在も二か月めになろうとしていますが、いかがですか」

「楽しくやっているよ。おまえも毎月わざわざエディハラから来てくれてすまないな。父上、母上、兄上たちはお元気か？」

「皆様お健やかに過ごされております。国王はあなたが慣れない日本で泣いて帰ってくるのではないかと期待しているようですが」

辛辣な物言いは昔から変わらない。それでも、エリックの忠誠心は本物だとわかっているから、アルフォンスは苦笑し、「ソファに座ってくれ」とうながす。

「すこししたら出かけるからそう長いこと相手はしていられないけれどね。アイスコーヒーでいいか？」

「もちろんです」

日本のコンビニで気に入ったパック入りのブラックコーヒーをグラスに注《つ》ぎ、氷を落とす。それをエリックに手渡すと、彼はソファ横に置いていたスーツケースやスーツカバーに目を留める。

「どこかにご旅行でも？」

「いや、そういうわけではない。こちらでできた友人宅に一週間ほどお邪魔することになった」

「どんなお方ですか」

眼鏡の奥の瞳が細くなる。

「おまえにも手伝ってもらって捜した方だよ。私が『ＨＡＮＡＢＩ』というゲームの大ファンなのは知っているだろう？　その制作者だ」

「無事に会えたのですね。それはよろしゅうございました。確かまだお若いのですよね」

「二十一歳の大学生だ。なかなか苦労して育ったようで、いまもカフェでバイトしながらゲームを創り、大学に通っている。勤勉で、可愛《かわい》いひとだ」

「殿下、まさかその方に特別な想《おも》いを抱いたのでは？」

さすが物心ついた頃から身の回りの世話をしてくれたエリックだけのことはある。鋭い指摘になんと答えるか迷ったが、ここで下手に隠してもいいことはない。

「好きだよ、とてもね」

そうじゃなかったら抱いていない。

はじめは彼が創るゲームに惚《ほ》れ込んだが、実際に会って言葉を交わすうちに、いつの間にか暁斗自身に夢中になっていた。そのことにいまさら気づき、左胸に手を当てた。

この胸に、暁斗は確かに棲《す》んでいる。

「恋をしているのだろうな、私は」

「殿下……こんなことを言いたくはないのですが、あなたは直接国政に関わらないとしても、王子は王子です。そのような方が、出会って間もなく、まだほとんどなにも知らない外国人に恋していると知ったら、国王はなんと言うか」

呆《あき》れたようなエリックを「まあまあ」といなす。

「怒られるのは間違いないな」

父はアルフォンスに隣国の令嬢と結婚するよう、何度も迫ってきた。だが、長い人生のパートナーすらも自分の自由にならないのかと思ったら窮屈で仕方なかったのだ。

だから、無理を言って一年間の猶予をもらい、日本にやってきた。

「あなたが日本に来ることを国王がお許しになられたのは、人間として研鑽《けんさん》を積むからという殿下自身のお言葉ゆえ。恋にうつつを抜かしている場合ではないのですが」

「堅苦しいことを言うな、エリック。おまえも暁斗さんに会えばどれだけ魅力的なひとかわかる。私は彼のそばにいたいんだ。あのひとは寂しいこころを隠し持っている。それを私は癒やしたい」

「ですが……」

腕時計を見ると、もう三十分近く経《た》っている。暁斗はアルフォンスの帰りをいまかいまかと待ち構えているだろう。

「すまないエリック。とりあえず今日のところはこれまでだ」

「仕方ありませんね。私はいつものホテルに三日間投宿します。その間に、殿下をたぶらかした暁斗さんにぜひ会わせてください」

「こら、たぶらかすなんて失礼だぞ。私が勝手に好きになっただけだ」

アルフォンスが戒めても、エリックはふっと鼻を鳴らすだけでアイスコーヒーをひと息に飲み干して立ち上がる。

「異国での恋は長続きしませんよ、殿下。綺麗《きれい》な想い出にするべきです」

「それは断る。私はもっと暁斗さんを知りたい」

「あなたは変なところで頑固ですよね……」

やれやれといったふうに頭を振るエリックが、スーツの襟を指先で払う。

「とにかく、あまりひと息にのめり込みませんよう。殿下のお気持ちが本物だというなら、暁斗さんの素行調査をします。よろしいですね」

「わかったわかった。暁斗さんに会う際は、くれぐれも私がエディハラの王子だということをバラすなよ」

「気高いあなたと一緒にいて、普通の人間ではないと思うのが自然かと」

上げたいのか下げたいのか、相変わらず読めない男だ。

「一緒に部屋を出よう。私は暁斗さんの家に行く。おまえはホテルに戻りなさい」

「……かしこまりました」

渋々頭を下げるエリックとともに部屋を出て、大通りで別れた。

「また電話をする」

「こちらからも連絡を入れさせていただきます」

折り目正しいエリックが背中を向けるのを見送り、アルフォンスも歩き出した。

6

暁斗《あきと》宅のチャイムを鳴らすと、扉の向こうからぱたぱたと駆けてくる音が聞こえた。

「おかえりなさい」

笑顔の暁斗に出迎えられ、「ただいま」と返し、中へと上がる。

アルフォンスがいない間にあちこち掃除したらしい。パソコンのある部屋には新品の布団が積まれていた。

「これを買ってきたのか。大荷物でひとりでは大変だっただろう」

「二回に分けて持って帰ってきた。もともと枕は二つあったから、敷き布団と掛け布団だけ。いまが冬じゃなくてよかったよ。寒かったら毛布も必要だったもんね」

にこにこする暁斗がアルフォンスを寝室へと案内する。ここも窓を開けて掃除したようだ。昨日までの淫靡《いんび》な空気はすっかり消えていて、爽やかな空気で満たされている。

「狭いけど、よかったらクローゼットも使って」

「ありがとう」

クローゼットの扉を開けると、三分の二ほど空間がある。端に暁斗の服がきゅっと寄せられていた。そこへ持ってきたスーツを掛け、棚の中に下着類を入れる。

白報堂《はくほうどう》はオフィスカジュアルがオーケーとされているので、きちんとしたスーツは二着、ほかはシャツとスラックスだ。

荷ほどきが終わったら、暁斗とテーブルに着いた。アルフォンスは財布を取り出し、十万円を暁斗に渡す。

「滞在費として受け取ってほしい。足りなかったらすぐにお渡しする」

そう言うと暁斗は目を丸くし、「こんなに受け取れないよ」と両手を振った。

「滞在費だなんておおげさな。俺は朝食と夕食を作るぐらいだし」

「でも、布団も買っただろう？　それに、一週間も寄せていただくのだ。ホテルに泊まるのでも最低限はそれぐらいかかるし、ぜひお受け取りを。水道やガス代、電気代だって無料というわけではないのだから」

言葉を重ねると、暁斗は困った顔をしていたが、やがて「じゃあ……」と呟《つぶや》く。

「一応、預かるね。でも、ほんとうに気にしないでいいんだよ。俺、レストランで出るような料理は作れないし」

「昨日ごちそうになったカレーは美味《おい》しかった。またふたりで料理しよう。なにぶん、自分で作る機会はそうなかったので、とても勉強になった。暁斗さんは料理の先生だな」

「褒め上手だな。そんなふうに言われたら張り切っちゃうじゃん。……アルフォンスさん、もしかして裕福なところの生まれ？」

「い、いや。いたって普通の庶民だが」

「それにしては気品があるよね。どこかの王子様だと言われてもおかしくない」

「とんでもない。王子だったらこうしてワーキングホリデーで来日しないだろう」

真実を明かせないのは良心が痛むが、まだほんとうのことは言えない。

「だよね。変なこと言ってすみません」

苦笑いする暁斗が紙幣を大切そうに財布にしまう。

アルフォンスとしては、三十万、いや五十万払ってもまったく惜しくないのだが、暁斗が金持ちぎらいなのを知っているから、気持ちすくなめに渡したのだ。もちろん、必要ならばもっと渡そうと考えている。

暁斗の暮らし向きはけっして楽じゃないはずだ。この古びたアパートを見ても、彼がつましく暮らしているのはすぐにわかる。

しかし、貧しいのかと言われたら違う。暁斗は地に足が着いた日々を送っている。

豪奢《ごうしゃ》な宮殿で季節ごとの花々が当たり前のように飾られ、天蓋付きのベッドで寝起きしていたエディハラでの暮らしから一転、東京《とうきょう》の下町で暮らすことになったが、気分は浮き立っている。

なにせ、ついさっき、暁斗が好きなのだと意識したばかりだ。

この恋ごころを隠すつもりはまったくない。鬱陶しいほどに暁斗にまとわりつき、手伝えることはなんでも率先して手伝い、暁斗の目を向けさせたい。

暁斗が自分のことを好きなのかどうかと考えると、すこしためらう。

ある日突然現れた外国人に一方的な好意を寄せられ、悪くないなと思っていたところへ、もつれ込むようにベッドをともにした。暁斗にとってはすべてが初めてのことだったから、目がくらんでいるのかもしれない。

一緒に暮らしていく中で、がっかりされないよう精一杯努めるだけだ。学業に、バイトに励む彼を癒やし、とろとろに愛し尽くしたい。

「今夜はアルフォンスさん引っ越し記念として、ちょっといいもの食べちゃおうか」

「いいもの?」

「これから一緒に買い物に出かけようよ」

「喜んで」

靴を履いて、向かうは駅前の大型スーパーだ。

暁斗が黄色のプラスティック籠に手を伸ばしたので、すかさず受け取り、手に提げる。

彩り鮮やかな青果がずらりと並ぶコーナーを見るのも新鮮だ。

「さっきの布団、ここの二階で買ってきたんだ」

「なんでもそろうのだな、素晴らしい」

「アルフォンスさんの国でもこういうスーパー、あるよね」

「あ……、ある。あるある」

実際に足を踏み入れたことはないのだが、知識としては知っている。

「しかし、扱う食材がまるで違う。暁斗さんが手にしているのはなんだ」

「ねぎ。それと、玉ねぎとしめじもあったほうが楽しいかな。あとは豆腐と……たまごはうちにあるし」

うきうきしている暁斗のあとをついていき、さまざまな食材を受け取った。

「アルフォンスさん、すき焼きって食べたことがある？」

「スキヤキ！　名前は知っているが食べたことはない。日本食として有名だな」

籠いっぱいになった食材を会計し、二つのレジ袋に分けて入れ、それぞれ一つずつ持った。

もう夕方だ。昼食を食べていなかったので、腹が減っている。そのことに気づいたのだろう、暁斗が笑って、「夕ごはんにしようか」と言う。

「待ってて。いま準備するから」

「私も手伝おう」

「いいの？　だったらエプロンをどうぞ」

暁斗がイエローのエプロンを着けながら、ブルーのエプロンを渡してきた。それを身に着け、こぢんまりしたキッチンに立つ。

「アルフォンスさんは、米といでもらえる？」

「わかった」

昨日、暁斗が米をといでいたのを見ていたから、だいたいの手順はわかる。計量カップで米を量り、ボウルで丁寧に米をとぐ。その隣で暁斗が食材を切り、平たい鍋に綺麗に並べていく。

「俺もお腹《なか》が減ったからスピード炊きにしよう」

炊飯器のスイッチを入れ、三十分もすれば炊き上がり、鍋からもいい匂いが漂ってくる。暁斗がカセットコンロをテーブルに置いて点火する。そこに鍋をセットすれば、すき焼きパーティの始まりだ。

「これがアルフォンスさんのお箸《はし》」

新品の箸を渡された。くつくつ煮えるすき焼きを前に、「いただきます」と手を合わせ、早速肉を溶きたまごに浸す。熱々の肉を頬張ると、じゅわりとした旨味《うまみ》が口内に広がる。

「美味しい……！　噂《うわさ》に聞いていたが、スキヤキ、最高だな」

「機会があったら、寿司《すし》も食べてほしいな。外国の方に人気の日本食。生魚、食べられる？」

「暁斗さんと一緒ならどんなものでもチャレンジする」

「だったら、納豆にも挑戦しようよ」

「ナットー？」

よく味のついた豆腐を箸で切り分ける暁斗がくすりと笑う。

「納豆も日本の代表的な食べものなんだけど、食卓に出したらアルフォンスさん、俺のこときらいになっちゃうかも」

「それは興味がある」

くたくたに煮込んだねぎは初めて食べるものだ。すこしツンとした匂いがするが、すき焼きの甘いたれが美味しくて、ごはんが進む。

他愛ないことを喋《しゃべ》りながら食べていたら、いつの間にか鍋が空になっていた。

「ほんとうに美味しかった。ごちそうさま」

「俺も久しぶりにすき焼きが食べられて美味しかった。こういう鍋物はひとりじゃ食べないから。……誰かと一緒に食卓を囲むなんて久々で、楽しかったよ」

嚙《か》み締めるように言う暁斗がいとおしくて、ほんのすこしせつない。これからの暮らしで暁斗と一緒にたくさんの想い出を作りたい。

「一週間あなたと過ごしたら、今度は私が去りがたくて居座ってしまうかもしれないぞ」

軽口を叩《たた》けば、暁斗がもじもじした様子で皿を重ねる。

「……アルフォンスさんだったら、いいな」

「暁斗さん？」

小声がうまく聞き取れない。訊《たず》ねても、暁斗はくすぐったそうに微笑むだけだ。

「後片付けしたら、コーヒーでも淹《い》れる」

「だったら、私が皿洗いを」

「アルフォンスさんはお客様なんだから座っていてもいいのに」

「今日からあなたと私はルームメイトだ。どんなことでも協力しよう」

「了解」

嬉《うれ》しそうな暁斗を見ていると、なんでもしてやりたくなる。

このままエディハラに連れ帰って、なんの心配もない暮らしをさせてやりたい。

ぎこちない手つきで皿を洗うアルフォンスの隣で、暁斗が湯を沸かし、コーヒーを淹れている。香ばしい香りが室内を満たし、しあわせな気分だ。

「マグカップも色違いのおそろいにしちゃった」

「私がネイビーで、暁斗さんがイエローなんだな」

新しいマグカップを手にすると、暁斗がパソコンのある部屋に向かう。

「あれからデバッグしてみたんだけど、よかったらアルフォンスさん、プレイしてみない？」

「いいのだろうか。では、ぜひ」

まだ名前がついていないゲームをプレイさせてもらえるなんて光栄だ。

デスクチェアに腰掛け、マウスを操作する。

以前遊ばせてもらったときよりも、過去の自分との会話パターンが増えていた。

「ますます魅力的なゲームになっているな。会話もアイテムも増えている。暁斗さん、このゲームはどうやって売り出すつもりなんだ。プラットフォームは？」

そばに立つ暁斗が思案顔をし、ううんと唸《うな》る。

「いままでどおり、ネットのフリーゲームにしようかなと」

「それはもったいない。ここまで創り込んでいる作品なら、なにがしかの料金を払ってもユーザーはついてくるぞ。あなたは『ＨＡＮＡＢＩ』を大ヒットさせた方なんだから、ファンは新作を待っているはずだ。たとえば、アプリゲームにして、広告を挟むとかは？　それで収益を得るという方法もあるだろう」

「んー……いいのかな、俺の作品に広告をつけるのって。ユーザーにあざといと思われないかなぁ……」

いまやネットゲームもスマートフォンで遊ぶアプリゲームも、広告をつけるのが当たり前の時代だ。もし、広告を見たくなければ、いくらか制作者に支払って広告をカットするという手段もある。

「私もアプリゲームでよく遊ぶが、数百円から二、三千円払うのは惜しくない。それは制作者を支援するためのものだし。収益があれば、暁斗さんも次の作品創りに精が出るだろう。性能のいいパソコンやデスクチェアに買い換えるとか」

「そうなんだけど……趣味で創っている作品に値段をつけるのはどこか罪悪感があるんだよね。

実際にいま、アルフォンスさんにデバッグを頼んでるし。俺がアルフォンスさんにお金を支払いたいぐらい」

「そんな、私こそ好きでやっていることだ」

お金が絡むことになると、暁斗は及び腰になるようだ。

自信がないというよりも、好きなように創っているゲームに対価が生じることにとまどいがあるのだろう。

「確かに、いまのパソコンのスペックだと、創れるゲームに限りがあるんだよね。バイトでお金を貯《た》めて今年中に買い換えようとは思っていたけど」

「だったら、この作品に値段をつけよう。大丈夫。絶対にヒットする」

暁斗以上に自信たっぷりに言うと、暁斗が困った顔で首を傾《かし》げる。

「アルフォンスさんの気持ちは嬉しいけど、いまは、まだ。もっといい作品が創れたら、広告収益も視野に入れるから」

「そうか……」

アルフォンスの立場だったら、暁斗専用の創作室を用意し、最高級のパソコンとデスクチェアを買い与えるのも余裕だ。

そのことを一瞬口にしようかと思ったが、彼が裕福な者をきらうことを思い出して、言葉を飲み込んだ。

金で解決するのは簡単だ。しかし、それで暁斗のこころまで手に入れられると考えるのはおこがましい。

暁斗はずっとひとりで、『HANABI』やいまの作品を地道に創ってきたのだ。そこに大金が絡んだら、逆に萎縮してしまうかもしれない。

「余計なことを言った。どうか気を悪くしないでほしい。だが、もし必要であればぜひ言ってくれ。あなた好みの環境を整えることは可能だ」

「やっぱり、アルフォンスさん、資産家なんじゃ？」

いらぬところで疑惑を招いてしまった。慌てて取りなし、再びゲームで遊ぶ。二十分ほどプレイすると、突然画面がフリーズした。

「ああ、またここか。かなり調べたはずなんだけどな……」

腕組みをする暁斗と椅子を替わる。カタカタとキーボードが鳴る音を聞きながら冷めかけたコーヒーを飲んだ。

真剣な顔でディスプレイに向かう暁斗を見ていると胸が狂おしくなる。

なにかに真面目に取り組んでいる横顔にこころを奪われる。その視線を自分に向けたいと思うのはいけないことだろうか。

「……うん、まあ、今夜はこんなところだな。気長にやるよ。公開日もとくに決めてないし」

両手をぐうっと天に突き上げる暁斗が振り返り、「お風呂に入って寝ようか」と言う。

「お先にどうぞ。もう沸いてる」

暁斗の言葉をありがたく頂戴し、パジャマと下着を手に風呂場へと向かう。五月の初旬、陽《ひ》射《ざ》しは日に日に強さを増している。熱い風呂で汗を流し、パジャマを身に着けると、暁斗が早々に布団を敷いていた。

「アルフォンスさんはベッドにどうぞ。シーツも替えたから」

「ほんとうにいいのか？」

「うん。外国のひとがこういう布団で寝るのは慣れていないだろうし」

なんてこともない顔でシーツをぴしりと調えた暁斗が立ち上がり、「俺も風呂に入るね」と言う。

銭湯でもどきどきしたが、同じ部屋の中、暁斗が身体や髪を洗う水音が聞こえてくるとそわそわしてしまう。

このまま起きていたらまた暁斗によからぬ想いを抱いてしまいそうだ。早く寝たほうがいい。そう考え、ベッドルームに入り、横たわる。

ナイトランプも消して目を閉じたものの、扉の向こうの暁斗が気になって仕方がない。

早く寝てしまえ。暁斗のためにも。

部屋中、静かだ。暁斗も床についたのだろう。

強く瞼《まぶた》を閉じ、深い呼吸を繰り返した。そうしているうちに眠気がやってきて、意識が薄れる頃だった。

扉がきぃっと開く音がかすかに聞こえる。眠たい目を擦《こす》って開けると、布団が持ち上がり、そっとぬくもりが入り込んでくる。

「暁斗、さん……?」

呟くと、ぬくもりがしがみついてくる。

「……ひとりじゃ、寂しくて……」

ぽそぽそとした声に、一気に理性が消えそうだ。

「いままでひとりで寝るのはぜんぜん平気だったのに……」

「私のせいだな」

「……そうだよ。アルフォンスさんのせい」

か細い声の暁斗をぎゅっと抱き締め、額にかかる髪をかき上げてやった。

「あなたを抱き締めていると穏やかではいられなくなる」

「俺も……」

つま先を絡め合わせてくる暁斗が可愛くてたまらない。髪を何度も撫《な》で、それから覆い被《かぶ》さった。ひとりでいられないのは、アルフォンスも同じだ。やさしくくちづけると、暁斗が首に手を回して抱きついてくる。

今夜も眠れない夜になりそうだ。

7

目覚めたのはまだ早い時刻だった。枕元に置かれたデジタル時計を確かめると、六時だ。片手で隣に眠っているはずの暁斗《あきと》をぱたぱたと探したが、そこにぬくもりはない。代わりに、キッチンのほうでまな板を叩く音がする。

「……暁斗さん?」

「ああ、起こしちゃった? おはよう、もっと眠っていていいよ」

「もう朝食の準備か。ならば、私も……」

「もうすぐできるから。シャワーでもどうぞ」

七月に入り、暑い日が続いていた。

一週間の同居のはずが、「あともうすこし」「あと一週間だけ」と暁斗に引き留められ、早くも二か月が経とうとしている。

朝目を覚まし、夜眠るまで暁斗がそばにいる生活が当たり前になり、もう以前の生活には戻れない気がする。

熱いシャワーを浴び、濡《ぬ》れた髪を乾かしてキッチンに向かうと、すでに朝食の準備が整っている。

「でーきた。今朝はスクランブルエッグを挟んだホットサンドにサラダ、コンソメスープ」

「いつもありがとう。明日は私が作る」

一緒に暮らすうちに、アルフォンスの料理の腕前もだいぶ上がった。朝食は交互に作るようにしている。ハムエッグやサンドイッチと簡単なメニューばかりだが、暁斗はことのほか喜んでくれた。

美味しい朝食を食べ、ふたりそろって家を出る。暁斗は大学へ、アルフォンスは会社へ。駅に着き、反対方向の電車に乗るまで他愛ないことを喋る。

「あ、俺のほうの電車が来た。じゃあアルフォンスさん、行ってらっしゃい」

「暁斗さんも行ってらっしゃい」

手を振って見送り、アルフォンスもそのあと来た電車に乗った。

白報堂での仕事も順調だ。オフィスに一番乗りしてすべての机を拭いていると相原《あいはら》が出勤してきた。

「おはようございます、アルフォンスさん。今日も早いですね」

「新入社員だから、これぐらいは。私はアイスコーヒーを飲もうと思うのだが、相原さんもいかがだろうか」

「すみません。じゃ、アイスコーヒーをお願いします」

今日も延々と打ち込み作業だ。白報堂ほどの大規模な会社になると、扱う紙書類も膨大だ。そのひとつひとつを丁寧にパソコンに打ち込んでいくだけで、あっという間にランチタイムになる。

チャイムが鳴るのと同時に相原が笑顔で近づいてきて、「お昼、行きましょう」と誘ってきた。今日はなんにしようかと相談し、寿司を食べることにした。ランチタイムに、手頃な価格で寿司を食べさせてくれる店があるのだ。

新鮮な生魚の美味しさにも目覚めた。ひとつずつゆっくり味わっていると、「午後にひとつミーティングがあるんです」と言う。

「前にも話したとおり、今度ますます発展していくゲーム業界に食い込みたいという意見が部署内で持ち上がって。ひとまず、魅力的なインディーゲームを探すところからですね。アルフォンスさん、お目当てはあります？」

「ありますあります」

前のめりになり、暁斗が創っているゲーム内容をざっと話して聞かせた。相原は興味深そうに相づちを打っている。

「既存のコンシューマーゲームではなかなかない内容ですね。もし製品化するとしたら、パソコンゲームか、スマートフォンのアプリかな」

「制作者はフリーゲームとして世に出したいそうなんですが、私としては広告を挟んで、すこしでも収益を得る形にしたいと思っています。そうすれば、次の作品創りにも精が出るでしょう」

「ですね。実際プレイしたわけではないけど、課金制か買い取り型にして広告をカットする方法もありますし。そのゲーム、完成はいつ頃ですか」

「秋ぐらいには、たぶん。公開できると思います」

「うちが全面バックアップしてもいいですけど、その前に話題作りできるといいな」

「話題作りですか……ぼんやりとしたアイデアはあるのですが……」

「わかりました。それを午後のミーティングで話してもらえますか」

「ええ、わかりました」

話がまとまったところで、午後の仕事に戻った。

二時過ぎに、ミーティングが始まった。まだアイデア出しの段階なので、参加人数はすくない。相原がランチタイムにアルフォンスから聞いた話をかいつまんで披露する。

「アルフォンスさん、なにかご意見はありますか」

相原に話を振られ、軽く咳《せき》払いをする。

「大手メーカーは独自の広告展開に注力しています。私たちももしスポンサーになるならば、次世代の新しい魅力を持った若きクリエイターたちがよいのではないかと。彼らのほとんどは個人で制作し、報酬金はさほど発生していないはずですし、発表の場もインターネットぐらいのものです。ゲーム好きならまめにチェックするでしょうが、一般人には届きにくい。ですから、まずインディーゲームを集めたイベントを大々的に開催するのはいかがでしょうか」

「確かに、一理ありますね。いまはゲームを創るツールも容易に入手することができて、誰でもアイデアさえあれば簡単に制作できると聞いたことがあります。個人の自由な発想に触れるイベント、いいですね」

女性社員の意見に勇気づけられ、さらに言葉を重ねた。

「それと、資金援助するというアイデアもあります。ただ好きで創っているだけならば、私たちが介入する余地はありませんが、資金提供することで制作環境がいまより整うならば、これに越したことはありません。クリエイターのモチベーションアップにも繋《つな》がります」

「外野からやいやい言われるのがいやで、ひとりで創っているクリエイターもいるでしょうが、バックに私たちがつくことで、気分的に安定する方もいそうですしね」

「なんだったら、クリエイターのための事務所を設立するのもいいかもしれません。広報はもちろん、企画に寄り添ったり、ファンからの窓口となる、マネジメントを主とした業務を担う組織があれば、クリエイターはより制作に打ち込める気がします」

参加者から前向きな声が上がり、アルフォンスは相原とともに笑顔で頷《うなず》いた。

「その案、いいですね。詰めていきましょう。では、今日はこのへんで」

二時間あまりの充実したミーティングに胸を撫で下ろしていると、相原が機嫌よさそうに肩をつついてきた。

「アルフォンスさん、バッチリでしたね。これからはオブザーバーではなく、発言者としてどんどん参加してください」

「精一杯頑張ります」

左胸を拳で叩き、頷く。

六時には仕事を切り上げることができたので、秋葉原《あきはばら》の『雲《くも》』へと急いだ。

古めかしい店の扉を開けると、「いらっしゃいませ」と馴染《なじ》みのある声が聞こえてくる。奥から暁斗が出てきて、アルフォンスと目が合うなり顔をほころばせた。

「アルフォンスさん、お疲れさま。いつものお席が空いてます。どうぞ」

うながされるまま、窓際のテーブルに着く。店主こだわりのアイスコーヒーを注文し、暁斗が運んできてくれる。店内は相変わらず空《す》いていて、経営は大丈夫なのだろうかと他人《ひと》ごとながら心配になる。

グラスをテーブルに置く暁斗に小声でそのことを訊ねてみると、「ですよね」と可笑《おか》しそうな笑みが返ってきた。

「このビル、じつは店主がオーナーなんです。食べるのにも住むのにも困らないから、趣味で『雲』を開いてるんだって」

「それは優雅な暮らしだ。余裕があるから、アイスコーヒーもこんなに美味しいのだな」

こくのあるアイスコーヒーを味わいながらも、相原の話をしたくてうずうずしてくる。しかし、これはゆっくり家に戻ってからのほうがいいだろう。

「今夜は私のほうが先に帰れそうなので、夕食の準備をしておこう。なにかリクエストはあるだろうか」

「んー……なんだろ。アルフォンスさんに作ってもらえるならなんでも嬉しいけど……あ、そうだ。オムライスが食べたい。最近食べてないし」

「オムライスだな、任せてくれ。完璧に作り上げてみせよう」

意気込んで拳を作る。じつは一度も作ったことがないのだが、スマートフォンでレシピを検索すればなんとかなるはずだ。

まだ仕事が残っている暁斗に「家で待っている」と挨拶をし、帰路に就いた。

清澄白河《きよすみしらかわ》の駅前にあるスーパーに寄り、帰宅中の電車内で検索した具材を籠に入れていく。オムライスはシンプルながら、凝ればいくらでも凝れるらしい。アルフォンスは自炊初心者なので、玉ねぎとウインナーを中に入れ、塩、胡椒《こしょう》、ケチャップで味つけするレシピを選んだ。

部屋に戻り、暁斗と色違いでおそろいのルームウェアに着替えたら、早速調理開始だ。

オムライスはできたてが一番美味しいはずなので、その前に自分用に試作してみることにした。しかし、はじめからいきなり困難な工程に突き当たってしまった。玉ねぎをみじん切りにするところで、つんとした特有の匂いが目と鼻を突き、じわりと涙が浮かぶ。まくり上げたルームウェアの袖で目元を拭いながらなんとかみじん切りを終え、ウインナーを食べやすいサイズに切り分けた。

「熱したフライパンに油をひいてごはんを炒《いた》める、か……よし」

そこから先は格闘だ。みじん切りの玉ねぎを落としても油がぱちぱちと跳ね、顔に、腕に当たって痛い。「うわ」とか「いたっ」とか独り言を呟き、ウインナーも入れる。焦げつかないようにフライパン返しでさくさくとかき混ぜ、茶碗《ちゃわん》一杯ぶんのごはんをフライパンに広げると、じゅわっと油が飛ぶ。全体をいい具合に炒めたところで溶きたまごを広げた。一瞬のうちに焦げそうになるので火のとおったたまごをふんわりとごはんにかぶせ、ぎこちない手つきでひっくり返せばできあがりだ。

あらかじめ用意していた皿にするりと盛りつけ、綺麗な焼き具合に微笑んだ。バッチリだ。これなら暁斗も喜んでくれるだろう。

風呂も掃除して新しい湯を張り、暁斗の帰宅を待った。

夜八時を過ぎた頃、暁斗が帰ってきて、「いい匂いがする」と鼻をうごめかせる。

「腹が減っただろう。すぐに作る」

先ほどと同じ手順でオムライスを作ったが、背後のテーブルでそわそわしている暁斗の気配を感じたら、うっかりたまごを焦がしてしまった。

「あ……っ」

「どうした？」

「焦がしてしまった……もう一度作る」

「いいよ、それ、食べるよ。せっかく作ってくれたんだし」

だけど、と言おうとしたが、食材がもったいない。

約二か月の同居で、アルフォンスも「節約」という言葉を知った。暁斗は上手にやりくりして、日々を過ごしている。王子のアルフォンスならばどんな高級食材でも手に入れられるし、なんならこの部屋にシェフを招くことも可能だ。

だが、それでは暁斗ならではの暮らしに邪魔をすることになる。

自分用に作ったオムライスをレンジで温め、ふたりしてテーブルに着いた。

「いただきます。……ん、美味しい。なんだか懐かしい味がする」

喜ぶ暁斗にほっとし、アルフォンスもオムライスを口に運びながら、今日相原から持ちかけられた話を打ち明けた。

綺麗に食べ終えた暁斗は思案顔をしている。

「インディーゲームイベントか……俺のゲームで参加できるかな」

「できるとも。自信を持ってほしい。私もできるかぎりのことをする」

「うーん……」

晩斗は思案顔をしている。乗り気ではないのだろうか。

「あなたの作品はもっと多くのひとびとに愛されるはずだ。プラットフォームさえ広げれば。以前相談した広告をカットして収益を得る案はどうだろう。お金をもらうというシンプルな問題だけではなく、あなたのゲームを支援したいと思うひとがわかれば、いま以上に作品創りに精が出るのでは？」

「支援したい、か。……そう考えたことはなかったな。ただ創ることに夢中で、ダウンロード数はそんなに気にしていなかったけど……アルフォンスさんが俺の目の前で『ＨＡＮＡＢＩ』を遊んでくれたのはすごく嬉しかった。あなたも、俺を応援してくれてるってことだよね」

「もちろん。一番のファンだと名乗ってもいいぐらいだ」

胸を張ると、晩斗が苦笑する。

「応援してくれるひとが課金してくれるって考えれば、踏ん切りがつくかな」

「次の新作で、課金制、もしくは買い取り制に踏ん切ろう。あなたさえよければ、スマートフォンのアプリゲームで展開しないか。パソコンゲームでももちろん楽しめるが、いまは多くのひとがスマートフォンを持っている時代だ。気楽に遊べるゲームが好まれると思うし、晩斗さんの新作はうってつけだ」

「でも、いきなりアプリゲームとして発表しても埋もれないかな」

そこは確かに問題だ。

星の数ほどある新作ゲームの中で突出するにはどうするのがいいのか。

腕組みをし、あれこれと考えをめぐらせるが、いますぐには出てこない。

「その案、私に任せていただけないだろうか」

「甘えてもいいの？　俺がしなくちゃいけないことなのに」

「構わない。参謀としては力不足かもしれないが、精一杯案を練ってみる」

約束をして、皿を片付けるために立ち上がった。

「あ、皿は俺が洗うよ。夕ごはん、あなたに作ってもらったし」

「いやいや、今日はあなたを甘やかしたい日だ。お風呂に入って、ゆっくり過ごしてくれ。ときどき暁斗さん、夜中に起きてパソコンに向かっているだろう。ちゃんと眠れているか」

「寝る前にいろいろ考えてアイデアが浮かぶと、すぐにプログラムを弄《いじ》りたくなるんだよね。たまに明け方まで作業しちゃう」

「大学にバイトと忙しく過ごしているんだから、しっかり食べて、しっかり寝ないと」

「ふふ、アルフォンスさん、やさしい。お父さんが生きていたら、アルフォンスさんみたいなひとがよかったな」

にこにこする暁斗が可愛くていじらしい。家族愛を知らずに育ってきた暁斗を愛情でくるみ、安心させたい。

「あなたはもうひとりではない。私がついている」

「……うん」

暁斗が嬉しそうに頷き、風呂場へと消える。その合間に皿洗いを終え、暁斗の布団を敷いておく。

ふああとあくびをしながらパジャマ姿で出てきた暁斗はおとなしく布団に入り、やがて穏やかな寝息を立てる。

その寝顔を見ながらどうしたものかと考え、テーブルでノートパソコンを広げてブラウザを起《た》ち上げた。

暁斗の『HANABI』が公開されているゲームサイトをのぞくと、以前チェックしたときよりレビューが増えている。どれも高評価で、新作を期待する声がほとんどだ。

その中に、覚えのある名前を見つけた。【ハチと太陽】というハンドルネームは、間違いなければ、二百万人のリスナーを抱える超有名配信者ではないだろうか。

急いでレビューを読んでみると、『こんなに味わい深い作品に出会えたのは久しぶりです。つい長時間遊んでしまう良ゲーです』と絶賛していた。

続いて【ハチと太陽】の配信ページをのぞけば、ずらりとゲーム動画が上がっていた。誰でも知っている大作はもちろん、『HANABI』のような地味ながらも名作を探してきてプレイ動画を上げている。

これはチャンスだ。【ハチと太陽】に暁斗の新作をプレイしてもらえば、いい宣伝になる。

早速【ハチと太陽】にDMを送ることにした。相手は人気配信者だから、SNS宛てのDMは山のように届くだろう。埋もれてしまわないように、「はじめまして。ゲーム『HANABI』制作者の友人です」と記す。

長々と書かず、要点を簡潔にまとめた。

暁斗が新作制作中であること。できればそれをプレイして動画にしてほしいという旨を書き添え、「唐突ではございますが、ご一考いただければ幸いです」と締めくくった。

送信ボタンを押す指がすこし汗ばんでいる。

【ハチと太陽】はこのDMを読んでくれるだろうか。それとも無視してしまうだろうか。

「……賭けだ」

ひとり呟き、期待を込めて送信ボタンを押した。

8

カレンダーは八月に入り、毎日うだるような暑さが続いている。

暁斗《あきと》との同居はまだ続いていた。たまにマンションへ戻り、服や下着を取り替えていたが、眠る場所は暁斗の部屋だ。

エリックが来日したのは、八月最初の週末だ。それに合わせ、アルフォンスは自宅で彼を出迎えた。エリックは顔を合わせるなり、「笑顔全開ですが、なにかありましたか」といぶかる。

勘の鋭い男だと内心苦笑いし、アイスコーヒーを出してやる。

「暁斗さんとうまくいっているようですね」

「わかるか?」

「何年あなたについていると思ってらっしゃるのですか。私に話せる関係ですか」

「どうだろう。ほんとうのことを言ってしまえば、おまえは私を国に戻すかもしれない」

「それははっきり言って、肉体関係を持ったということですか」

直截に聞かれ、言葉に窮した。それが答えになったのだろう。エリックは眉間に皺《しわ》を刻み、深いため息をつく。

「あなたはご自分の立場をお忘れですか。エディハラの王子ですよ」

「五番目の王子だろう。さして重い責務を負っているわけではない」

「ですが、王子は王子です。我がエディハラが誇るアルフォンス殿下ですよ。そんな方が知り合ってまだ日も浅い異国のひとに恋するとは大問題です。国王が知ったらなんと言うか」

「父上は……まあな。すこし頑固なところがあるから説得は難しいだろうが、母上や兄上たちは私のしあわせを願ってくれるはずだ」

「ポジティブですね、あなたは。私はなんとご報告すれば」

「おまえも暁斗さんに会えば彼のよさがわかるよ。実直で、こころやさしい方だ」

「では、会わせてください」

エリックが真顔で迫ってくる。

「私の目でどのような方か確かめさせてください」

「納得したら認めてくれるか？」

「お会いするまで言いません」

しかめ面をするエリックにやれやれと肩をすくめ、「わかったよ」と返す。

「今日は彼もやすみで家にいる。暁斗さんに会わせてやるが、おまえや私の立場は明かすなよ」

言われるまでもありません。そもそも一国の王子がワーキングホリデーで来日していること自体、大問題なんですから」

難しい顔を続けるエリックをなんとかなだめ、暁斗宅へ連れていくことにした。扉を開ける前に、「私とおまえは友人という関係だ。敬語は使わないように。あと、笑顔を忘れないように」と念を押した。エリックは渋々頷き、両手で頰を挟んで上下に動かしている。

「では開けるぞ。――暁斗さん、ただいま。急ではあるが、私の国から友人が来たので紹介させてくれないか」

玄関で出迎えてくれた暁斗はびっくりしている。

「はじめまして、石原《いしはら》暁斗と申します」

「エリック・ルンドストロムと申します。でん……いえ、アルフォンス……とは長くおつき合いをさせていただいています」

肌こそ白いものの、栗色の髪にブラウンの瞳のエリックは暁斗にとって馴染みやすかったらしい。すぐに笑みを浮かべた。

「どうぞ、お茶を出しますからお上がりください」

「ありがとうございます」

律儀に微笑むエリックが「これでよろしいでしょうか」と言いたげにちらっと視線を投げてきたので、かすかに顎を引く。

長身の男ふたりが部屋に入るとやや窮屈に感じられる。暁斗が椅子を譲ってくれたので礼を言ってふたりで腰掛ければ、エリックはきょろきょろと室内を見回す。

「なんと狭い……」

「こら」

いさめた小声は幸いにも暁斗の耳には届かなかったようだ。琥珀色《こはくいろ》のアイスティーを三人分用意してくれている。

「暁斗さんは大学に通いながら自立をされているのですよね。生活苦に陥ることはありませんか」

初っぱなからデリケートな部分に切り込むエリックにひやひやしたが、暁斗は穏やかな笑みを浮かべている。

「正直、苦しいときもありますけど、ここの家賃が安いですし、自炊もしてますからなんとかなっています」

「お妃《きさき》となる方はいらっしゃらないのですか」

「お妃？」

きょとんとしている暁斗に慌て、肘でエリックをつつきながら、「すみません。あまり外の世界を知らない男なので」と言い添えた。

「いわゆる恋人ということだな、エリック」

「あ、ああ、はい。そうです。暁斗さんほど素敵な方なら、恋人候補はいくらでもいらっしゃいそうですが」

素敵な方、というところに嘘《うそ》は感じられなかった。若々しく、凛《りん》としている暁斗は照れくさそうに頭をかいている。

「いないことは、ない、ですけど……」

そこでアルフォンスと視線を絡めてくる。もうすでに何度も身体を繋げた仲だ。彼を安心させるように深く頷く。

「この際だからエリックには打ち明けておくが、私が暁斗さんの恋人候補だ」

「えっ」

ついさっき聞かせたばかりなのに、エリックは初めて聞いたように驚いている。まさか本人がいる前で堂々と発言するとは思っていなかったのだろう。

暁斗も暁斗で頬をうっすらと染め、もじもじしている。

「ですよね、暁斗さん」

「あの、……えっと……はい」

恥ずかしがる暁斗は額に浮かぶ汗を手のひらで拭い、「暑いな、この部屋」とエアコンを操作する。冷えた空気が部屋を満たし、北国育ちのアルフォンスは心地好《よ》い。隣のエリックもネクタイの結び目を軽くゆるめていた。しかし、その横顔は真剣だ。

「それでは、おふたりは相思相愛ということでしょうか。我が国で同性愛は認められていますが……しかし、暁斗さんはまだお若い。アルフォンス以外にもいいお相手が見つかる気がします」

言外にアルフォンスを遠ざけようとする発言をさらりと聞き流すことにした。

「暁斗さんのお人柄にも、その才能にも私は惚れ込んでいるんだ。好きなんだ」

「アルフォンス……」

「こころから愛している」

きっぱり言うと、暁斗が湯気を立てるほどに顔中を真っ赤にする。

「あ、アルフォンスさん、あの、そんな……俺のこと……」

声を詰まらせる暁斗にしっかり向き直った。

積み重ねてきた想いを明かすなら、いまがいい。エリックの前ではっきりと気持ちをあらわにしたい。

「あなたを愛しています。私の想いなどとうに気づいていただろうが」

「でも、俺はただのゲーム好きな大学生で……あなたにふさわしいかどうか……」

「暁斗さんだって迷いますよね？」

妙なところで割り込んでくるエリックをもう一度小突いた。自分の道は自分で決める。

エリックにも、父にも、この恋は邪魔させない。

「しかし……」

まだエリックは不服そうだ。そんな彼とアルフォンスを交互に見て暁斗はおろおろしている。

微妙な空気をどうしたものかと考え、「そうだ」と声を上げた。

頭の固いエリックに納得してもらうためには、暁斗自身の才能を見せたほうが手っ取り早い。

「暁斗さん、あのゲームをエリックにプレイしてもらわないか」

「あのゲームを？」

最新作にまだ名前はない。しかし、ほぼデバッグは終了しており、いつでもマスターアップできる状態だ。

「エリック、おまえも私と一緒にゲームで遊んだことがあるだろう。暁斗さんの最新作をプレイして、確かな才能を感じてほしい」

「ゲームですか。まあ構いませんが」

「では、暁斗さん、ぜひ頼む」

「……わかりました」

エリックをパソコンの前に座らせ、片側に立った暁斗がゲームを起動させる。

オープニングとともに軽快なＢＧＭが流れ出す。このＢＧＭも暁斗が制作したものだ。

シンプルなゲーム画面が表示され、過去の自分が映し出される。

「エリックさん、日本語がお上手ですけど、読むことも問題ないですか？」

「問題ありません。この男性は、過去の私なのですね。……貧しい暮らしをしている過去の私と対話し、さまざまなアイテムを送ってコミュニケーションするのですか。なるほど」

マウスを操作し、エリックは過去の自分と会話を重ねていく。最初は椅子にふんぞり返っていたが、次第に前のめりになっていく。

「会話パターンが豊富ですね。面白い……アイテムを送ると喜んだり驚いたり、慌てたりするのも楽しい……。ひとつ疑問なんですが、これはプレイ放置したらどうなるんですか」

「過去のあなたは寂しさと飢えで死んでしまいます」

「なんと」

「ですから、毎日ログインする必要があります。ひと言でも言葉を交わして、なにかアイテムを送れば、過去のあなたは未来に希望を見いだして生きようと決意します」

「なるほどなるほど、なかなか手が込んでいますね。……文句のひとつでもつけようと思いましたが、悔しいことにゲームは面白いです」

エリックはまだプレイを続けている。よほど気に入ったようだ。

「これが暁斗さんの新作になるんですか？」

「一応その予定です」

「ちゃんと対価を得るのでしょうか」

「そこは――まだ悩んでいて。アルフォンスさんは課金制か買い取り制にしたほうがいいってアドバイスしてくれてるんですけど」

「外野の私が言うのもなんですが、売れます。きちんとお金をいただければ、暁斗さんの暮らしも上向きにはなるでしょうし、もうすこしいい部屋にも引っ越せるはずです」

「エリックさんもそう思うんですか。これ、売っていいのかな」

「どんなものにも対価を生じさせないと、逆に軽んじられます。私はアルフォンスほどゲームをプレイしていませんが、まったくの無償であるフリーゲームはやはり作り込みが甘い。たとえ一本ヒットしても、金銭が発生しないとクリエイターも新しい作品に取りかかろうという気構えがなくなります。お金をいただくとなれば緊張感も生まれるでしょうが、作品創りには必要な要素です」

まっとうな意見に暁斗は神妙な顔をしている。アルフォンスも同じだった。ゲームをいざプレイさせて『こんなつまらないものを』と一刀両断するのではないかと内心はらはらしていたが、意外にもエリックは暁斗の才能に魅了されたようだ。

「アルフォンスさんも同じことをおっしゃってるんですよね。自分ではまだまだユーザーからお金をちょうだいする作品創りには至っていない気がしたんですが……やってみようかな」

「ぜひやろう。このゲームは『HANABI』以上に多くのひとを惹《ひ》きつけるはずだ」

「わかりました。頑張ってみます」

頷く暁斗に胸を撫で下ろし、「アイスティーを飲もう」と言った。エリックがこの部屋に来てすぐに話し合いが始まったので、まだひと口も飲んでいなかった。

　するとエリックは立ち上がり、アルフォンスを押しとどめる。

「私のことならお構いなく。この後、用事がありますので」

「でも、アイスティーぐらい飲んでいかないか」

　エリックが耳打ちしてきた。

「……いいえ、私はホテルに戻って、アルフォンス様が暁斗さんという方とよい仲になっているということを国王にお伝えする必要があります」

「それは――」

「アルフォンス様が日本に滞在している間の状況を細大漏らさずお伝えするというのが国王とのお約束ですから」

　小声のエリックに「仕方ないな」と呟き、暁斗とふたり、彼が帰っていくのを見送った。

「じゃ、俺は夕ごはんまでゲームに取りかかるね。できるだけ十月か十一月には市場に出したいし」

「わかった。夕ごはんは任せてくれ」

「ごめん、よろしく」

　パソコンに向かう暁斗の横顔は真剣だ。

　邪魔をしないようにとアルフォンスはキッチンのテーブルに着き、ノートパソコンを広げる。

先月、人気動画配信者【ハチと太陽】に送ったＤＭの返事はまだ来ていない。やはり、無謀だったか。面識のない一ユーザーからＤＭが届いても、忙しい配信者であればスルーしてしまうものなのかもしれない。

だったらべつの策を練らなければ。

あれこれ考えながらネットサーフィンをし、最後には『ＨＡＮＡＢＩ』を起動させた。こんな良作がフリーゲームとして誰でもダウンロードできるのはもったいない。

アルフォンスとしても、ただ儲《もう》けたいというつもりではなかった。暁斗の作品には相応の金銭が発生してもおかしくないというだけだ。大手メーカーに属しているわけではないので、テレビやゲーム雑誌を使って派手な広告を打つことは不可能だ。

しかし、いまはゲーム動画配信という手がある。そこにうまく食い込めれば、暁斗にもスポットライトが当たるのではないか。

自分で配信をすればいいのだが、ゲーム画面を映しながら喋る技術は残念ながらない。調べてみると、いろいろと専用機材が必要らしい。機材そのものは買えるのだが、技術はそう簡単に身につかない。

どうしたものかと考えあぐねていると、ＳＮＳにＤＭが届いた着信音が響いた。たぶん広告だろうとさほど期待せずに開いてみて目を疑った。差出人に、【ハチと太陽】とある。

『はじめまして、ハチと太陽です。先日はDMありがとうございました。多忙なため、返信が遅れてすみません。『HANABI』は僕も大ファンです。そろそろ新作が出ないかなと思っていたところなので、DMを読んでとても嬉しかったです。よければ、新作をプレイさせていただけないでしょうか。内容によっては僕のチャンネルで取り上げます。ご一考ください』

思いがけない内容に胸が躍る。

「暁斗さん、暁斗さん。作業中すまない。ちょっとこれ、読んでくれないか」

ノートパソコンを持って彼のそばに行くと、キーボードを叩く暁斗が手を止め、振り返る。

「……DM？　あ、【ハチと太陽】さんじゃん。え、え、なんで？　アルフォンスさん、知り合いだったの？」

「いや。暁斗さんのゲームを動画として取り上げていただけないかと、先月、面識はないながらお願いしてみたんだ。そうしたらこんな返事が」

「嘘……【ハチと太陽】さんっていったら二百万人以上の登録者がいる大人気配信者じゃないか。そんなひとが俺のゲームに目を留めてくれるなんて」

「暁斗さんの作品は、あなたが想像している以上に多くの方に愛されているんだ」

暁斗はまだ信じられないらしく、パソコンの画面を凝視している。その頰がじわじわと紅潮し、「ほんとに？」と見上げてきた。

「夢みたいだ……」

「夢じゃない」

アルフォンスは微笑み、その肩に手を置く。

「新作、頑張ろう。私も全力で応援するから」

「……うん！」

強い声に、夕ごはんは豪華にしようと決めた。

9

九月、十月とまたたく間に日々は過ぎ、十月後半になって暁斗《あきと》の新作はようやくマスターアップした。

終盤、暁斗は徹夜続きでふらふらだった。そもそも、大学とバイトを掛け持ちしているのだ。一、二時間仮眠を取って出かけていく暁斗が心配でたまらず、必要であればデバッグも手伝った。だが、最終調整は暁斗の仕事だ。

こもりきりの彼を案じてすこしでも寝かせてあげたかったが、暁斗も完成間近でいつもよりアドレナリンを放出しているのだろう。

昨夜も、「なにか気分転換したい」と言ってきたので、上着を羽織り、夜の街へと散歩に出かけた。清澄白河は夜ともなると途端に静かになる。行きつけのカフェも閉まっていたので、思いきって半蔵門《はんぞうもん》線で渋谷《しぶや》に出ることにした。

地元とは違って、遅くまで多くのひとで賑《にぎ》わう街をぶらぶら歩いていると、ひときわ明るいネオンが輝くゲームセンターがあった。

入り口には人目を引くような人気キャラクターのぬいぐるみやフィギュアが獲《と》れるクレーンゲームが何台も設置されている。

「あ、あれほしい」

ふらふらと暁斗が吸い寄せられたのは、最近SNSで人気を博している四コマ漫画の動物たちだ。うさぎ、猫、くま、犬が可愛くデフォルメされており、ふかふかの綿が詰められたぬいぐるみになっている。しかも、大人が抱えても充分な大きさだ。

「俺、こう見えてもクレーンゲームが得意なんだよね。最近やってなかったけど。アルフォンスさんは？」

「これは経験がないな。この、はさみみたいなものを動かして賞品を摑《つか》むのか？」

「そう。一回やってみる？」

「もちろん」

興味があることは一度やらないと気がすまないたちだ。五百円を入れ、慎重にクレーンを動かし、スタートボタンを押す。すうっと動き出したクレーンに息を吞《の》んだが、賞品にかすりもしなかった。

「まったくだめだった……」

「ふふ、そうしょげないでよ。これは場数を踏まないと。見てて、俺が仇《かたき》を取るから」

暁斗はコインを入れると、ケースの正面、そして横から中をのぞき、真剣な顔で賞品の位置

を確認してからスタートボタンを押す。

アルフォンスのときと同じ動きを見せたクレーンが、今度はがっちりと賞品を掴む。そして取り出し口に放り込んできた。

「やった！　獲れたな！」

「腕は鈍ってなかったな」

とぼけた表情のくまのぬいぐるみを抱いた暁斗はご満悦だ。

気をよくしたアルフォンスも三度プレイしたが全滅し、暁斗はその後もうさぎのぬいぐるみをゲットした。

ふたりそろって大きなぬいぐるみを抱えて渋谷を練り歩き、自宅に戻ると、満足したのだろう、暁斗は風呂に入ったあと、気絶するようにベッドに倒れ込んだ。そんな彼に布団をかけてやり、薄い隈《くま》を人差し指でなぞるときだけが穏やかな時間だ。その後アルフォンスもベッドに入る頃、暁斗は再び起き出し、パソコンに向かうという日々が続いた。

「……できた！　できたよ、アルフォンスさん」

秋も深まる頃の土曜日、昼食のサンドイッチを用意していたアルフォンスに暁斗が駆け寄ってきた。

「マスターアップした」

「ほんとうか！　おめでとう！」

サンドイッチ作りを中断して、暁斗とともにパソコンに近づく。ディスプレイには、『過去をあなたと』と表示されている。

「これがこのゲームのタイトルなのだな。素敵だ」

「プレイしてみる？」

「ぜひ」

デスクチェアに座り、マウスを操作する。以前は途中で止まっていたシーンも修正されているうえに、会話もさらに豊富になり、時間が経つのも忘れる。

夢中で一時間ほどプレイし、お腹がなったことではっと気づいた。

「昼食がまだだったな。いますぐ仕上げるから、一緒に食べよう」

「ありがとう。俺も腹減った……ぺこぺこ」

ハムとスクランブルエッグ、レタスを挟んだボリューム満点のサンドイッチを出すと、暁斗は嬉しそうにかぶりつく。

「美味しい……アルフォンスさん、めちゃくちゃ料理上手になったね」

「暁斗さんが奮闘していたからな。私にできることをしたまでだ」

アルフォンスもサンドイッチを食べながら、紅茶を飲む。

季節が移り変わるなか、ドリンクもアイスティーからホットティーになった。

「それで、どうする？　今夜中に【ハチと太陽】さんに連絡してみるか？」

「うん。すぐにでもプレイしてほしいし」

マグカップを両手で包み、ふうふうと冷ましている暁斗が猫舌と知ったのは同居してからだ。可愛い仕草に笑い、後片付けをする。

それから、差出人を暁斗にし、【ハチと太陽】にDMを送ってみた。

『はじめまして。「HANABI」制作者の石原暁斗と申します。このたびは拙作に興味を持ってくださり、ほんとうにありがとうございました。以下ダウンロードサイトに新作「過去をあなたと」をアップしております。お手すきの際にでもプレイしていただければ幸いです。お忙しいところ恐縮ですが、どうぞよろしくお願いいたします』

短い文面だが三度読み直し、震える手で送信ボタンを押す暁斗を見守った。

「よし、これでまずは一安心だな。あとは【ハチと太陽】さんの返事を待つことにしよう」

「疲れたー……」

椅子にぐったりもたれる暁斗に、「今日は銭湯に行ってみないか?」と誘ってみた。

「大きなお風呂でゆっくりくつろごう」

「賛成。もうそろそろ開く時間かな」

壁にかかった丸時計を見上げた暁斗が立ち上がり、着替えやタオル、フェイスクレンジングを半透明のバッグに詰める。

外に出ると、心地好い秋風が吹いていた。

「いい季節だな。風は涼しいし、太陽はほんのり暖かい。このぐらいの季節が私は一番好きだ」

「俺も。食欲の秋ともいうから、ついつい食べ過ぎちゃうけど」

「暁斗さんはもっと食べたほうがいい。新作の制作中、あまり食べなかっただろう」

「アルフォンスさんの手料理にめちゃくちゃ助けられたよ」

つれづれ話しながら、銭湯ののれんをくぐると、番台の男性が明るく声をかけてきた。

「よ、暁斗くん、アルフォンスさん、こんにちは。今日もラッキーなことに一番乗りだよ」

「やった。のんびりできますね」

そろってロッカー前で服を脱ぐ。相変わらず暁斗の全裸には慣れないが、最初よりはましだ。洗い場で髪と身体を洗い、広々とした湯に足を伸ばして浸《つ》かる。もう秋だからか、熱い湯が気持ちいい。

「【ハチと太陽】さん、プレイしてくれるかなあ」

「大丈夫だ。『ＨＡＮＡＢＩ』の大ファンだとも言っていたし」

「うん……でも、新作は『ＨＡＮＡＢＩ』と路線がまったく違うし、心配だな」

「安心してくれ。私もエリックも夢中でプレイしたのだ。いままでにない斬新な世界観だったし、これぞインディーゲームの魅力だと感じた」

彼を励ましているうちにゆだってきた。ほどよいところで風呂を上がり、服に着替えたあとは冷たいコーヒー牛乳を飲む。この甘さもすっかり癖になった。

家に戻って夕ごはんを食べ、後片付けをしていると、「来た！　来ましたよ、【ハチと太陽】さんからのお返事」と暁斗が声を上げる。

こんなにも早く返信をくれるとは思っていなかったから、アルフォンスも驚いた。

ふたりしてどきどきしながらDMに目を通した。


『石原さん、こんばんは。ハチと太陽です。新作、早速遊ばせていただきました。前作の「HANABI」とはまったく違う世界観で、正直驚きました。もちろん、いい意味で。これ、僕のチャンネルで紹介させてもらえますか？　公開日は来週末の予定です。お返事待ってます』


「やったな！　暁斗さん、大きな一歩だ」

「うん、まだ心臓がばくばく言ってる。すべてはアルフォンスさんのおかげだね」

「なにを言う。暁斗さんの作品が素晴らしかったからだ」

ふたりで手と手を取り合って喜び、すぐさま【ハチと太陽】に返事を書いた。紹介してもらえるのはもちろん嬉しいと伝え、忖度《そんたく》なしで正直な意見を聞かせてほしいと書き添えた。

「来週までどきどきして眠れそうにないよ」

素直な心境を吐露する暁斗が可愛くて、思わずぎゅっと抱き締めた。

「どんなことがあっても、私はあなたの味方だ。安心して」

「……うん」

見上げてきた暁斗の目が潤んでいる。厳しいプレッシャーから解放され、昂《たか》ぶっているのだろう。そのことに気づいたアルフォンスは彼の両頬を手で挟み、軽くくちづけた。

「今夜は、私のベッドで寝ないか」

ぱっと頬を赤らめる暁斗は目を泳がせていたが、やがてこころが決まったらしく、こくりと頷く。その頬にも、その額にも甘くくちづけ、アルフォンスは彼の背中に手を回し、やさしくベッドルームへといざなった。

10

「アルフォンスさん、なにかいいことあったんですか。朝からずっとにこにこしていますけど」

「バレてます?」

ランチタイムに同僚の相原《あいはら》に突っ込まれ、思わず苦笑いしてしまった。

彼から提案されたインディーゲームイベントの草案はもう四回作り直している。大手メーカーが新作を発表する大規模なショーではないので、相原の上司もなかなか首を縦に振らなかった。

しかし、アルフォンスは諦めなかった。どうにかして暁斗《あきと》の作品を世に知らしめたい。今週末アップされる予定の【ハチと太陽】で新作お披露目となるが、まだ公開前のゲームということもあって、重要な部分は語られない。それでも、彼のチャンネルを観《み》てくれたひとが興味を持って、実際にプレイしてみたいと思ってくれたら万々歳だ。

ローンチとしては、こうだ。今夜九時に【ハチと太陽】での動画アップ、次に新作『過去をあなたと』をリリースして三百円で買い取り制とし、最後はインディーゲームイベントで華々しく披露するという段取りだ。

これについては暁斗と何度も話し合った。アルフォンスとしては五百円で売ってもいいのではないかとアドバイスしたが、『お金をいただくのは初めてなので、三百円でいいです。有料制のアプリゲームをいろいろチェックしたところ、だいたいが三百円から始まっているので』と返ってきた。

ここは無理強いしないほうがいい。クリエイターは暁斗で、自分はあくまでも参謀だ。

暁斗にとってゲーム制作は大事な趣味だ。アルフォンスとしてはそれを仕事にしてほしいと思っている。大学はいずれ卒業するのだし、カフェ『雲』だけでは生活していけないだろう。だったらどこかのゲーム会社に勤めるという案もあるが、それでは暁斗の個性が潰される気がする。大人数で制作する作品の中枢にいきなり関われるとも思えない。

暁斗の創るゲームはあくまでもインディーゲームだ。大作では得られない鋭い魅力がある。

「今夜、私の知人の新作を有名配信者さんがプレイしてくれるんです。それが楽しみで楽しみで」

「おお、いま作ってるインディーゲームイベントにも関係しそうですね。個性が光る作品ならば、イベントを開催しても目を引きますよ」

「ですよね、絶対に成功させたいです」

相原と共同制作している草案は八割方進んでいた。会場は都内のホールを押さえ、土日に開催する予定だ。あとはクリエイターの選出という段階で、そこにどうしても暁斗を食い込ませたい。

「相原さんもよかったら今夜の動画を観てくださいませんか。【ハチと太陽】さんという人気配信者さんなんですけど」

「知ってる知ってる。人気作からニッチなものまで幅広く取り上げてますよね。そうかあ、【ハチと太陽】さんの後押しがあれば話題になりますね。観てみます」

「ぜひ、お願いします」

その日は早めに仕事が終わったので、『雲』に寄ってカフェラテを飲み、暁斗と一緒に自宅へ戻った。

夕ごはんを食べている間も暁斗は見るからにそわそわしていた。

「大丈夫だ、自信を持って」

「でも、落ち着かなくて」

緊張している暁斗に熱いココアを入れ、アルフォンスのノートパソコンで【ハチと太陽】の配信を見守ることにした。

配信は九時ぴったりに始まった。

『こんばんはー、ハチと太陽です。だいぶ寒くなってきたね。みんな風邪引いてない？　大丈夫？』

【ハチと太陽】は顔出しをしておらず、音声のみの配信だ。声からすると二十代後半の男性だ。耳馴染《なじ》みのいい声で世間話を広げ、十五分過ぎたあたりで、ぱっと画面が切り替わった。

「暁斗さん、いよいよ『過去をあなたと』だよ」

「心臓破裂しそう……」

隣り合って座る暁斗は手のひらで胸を押さえている。

『今日は案件でおもしろいインディーゲームをプレイするね。タイトルは「過去をあなたと」。僕のチャンネルを観てくれている方なら、「ＨＡＮＡＢＩ」という味わい深い作品を知ってるでしょ？　そのクリエイターの新作なんだって。じゃ、早速プレイしていくね』

ブラウザを通じて、【ハチと太陽】がゲームを進めていく。

『なるほど、僕はこのキャラの未来を生きているんだ。貧しい環境に置かれている先祖と会話をして、親交を深め、寿命を延ばすんだね。最初にどんなアイテムを送ろうかな……なんにもなさそうだから、まずは水で喉を潤してもらおうかな』

【ハチと太陽】が水を過去に送ると、先祖は大喜びする。

『よかったー。成功したみたいだ。次はお弁当を送ろう、やっぱり腹が減っては戦はできぬ、だもんね。おお、喜んでる喜んでる。うわ、いろいろ話してくれるんだ、ほっこりする』

順調にプレイしていく【ハチと太陽】に、視聴者たちも興味津々らしい。チャット覧が賑《にぎ》わっていく。

『最近、こういうシンプルなゲームなかったから、逆に新鮮』

『アプリで出るのかな。パソコンゲームでもいいけど、アプリのほうが相性よさそう』

そこで、【ハチと太陽】の笑い声が入る。

『これのおもしろいところが、毎日ログインしてなんらかの会話をし、アイテムを送ることが必要なんだって。ログインボーナスでアイテムがもらえるから、その点は大丈夫。ただし、ログインするのに間が空くと、過去の僕は寂しさと飢えで死んじゃう。となると、いまの僕は存在しなくなっちゃうということだよね。難しい操作はないから、隙間時間に遊ぶのに最適。先祖と親密度が高まると、会話がもっと増えていくんだって。おもしろくない？』

『おもしろそー。やってみたい』

『課金制？　ガチャ要素はあるの？』

視聴者の質問に、【ハチと太陽】は丁寧に答えていく。

『三百円の買い取り制だよ。エンディングも豊富だから、良心的な値段だよね。ていうか、僕この先祖好き。僕を頼ってくれたり、先祖の世界をおもしろ可笑《おか》しく話してくれたり、つい好感を抱いちゃうな。正式リリースは今月末あたり。みんな、よかったらプレイしてみて。実際触るとハマるから』

楽しげな【ハチと太陽】の声に、視聴者は好感を抱いたようだ。

『買う買う』

『【ハチと太陽】さんのおすすめゲーに外れはないもんね』

『三百円で買えるのって良心的。最近ガチャゲーが多くて疲れるんだもん』

『俺、「ＨＡＮＡＢＩ」好きなんだよなあ。いまでも遊ぶ』

重要なネタバレは伏せ、盛り上げてくれる【ハチと太陽】には感謝しかない。

三十分ほどで配信はなごやかに終了し、食い入るように画面を見つめていた暁斗とともにほっとした。

「いい手応えだな。これは成功しそうだ」

「だといいんだけど……まだどきどきしてる」

細い息を漏らした暁斗に冷蔵庫から冷えた缶ビールを取り出し、「乾杯しよう」と手渡す。

「リリース日が楽しみだな」

「たくさんのひとに遊んでもらえるといいな」

くちびるについた泡をぺろりと舐《な》め取る暁斗の本音につい微笑《ほほえ》んだ。

たったひとりきりで制作していた作品が世の中に出て、多くのひとを楽しませる――その感覚はわかるようでいてわからないものだ。

王子という立場上、数えきれない国民の前に出てスピーチを行うことがある。しかしそれはあくまでも、エディハラ王国の第五王子という肩書きがあるからだ。

ひとりの人間として表に出た場合、愛される存在になれるかというと疑問が生じる。暁斗のように特技があるわけではないし、誇れるものといえば常人なら身につけるのが難しい品格ぐらいだ。

あらためて考えると、暁斗のほうが生活能力が高いし、ひととしても魅力がある。対して自分はどうだろう。王子という座に甘んじて、さまざまなことをひと任せにしてきた。

王宮にいた頃、新しい靴を履き慣らす専門の者もいたぐらいだ。

しかし、いまは違う。暁斗と暮らすうちにひとりで着替え、料理もし、洗濯や掃除することも覚えた。たとえ王子の座を剝奪されることになっても、ひとりの人間として生きていける可能性はおおいにある。

日本にいられるのもあと五か月だ。

その間にインディーゲームイベントを成功させ、暁斗を表舞台に出してやりたい。

「そういえば明日はまたエリックが来る予定だ。暁斗さん、よかったら三人でどこか遊びに行かないか」

「もちろんいいよ。アルフォンスさんの大事な友だちだもんね。俺も仲よくしたい。今日の配信のことも話したいし」

浮き立つ暁斗に微笑み、もう一度缶ビールの縁を触れ合わせた。

11

翌朝はいったん自宅に戻り、エリックを出迎えることにした。ついでに下着やルームウェアを持ち帰って洗濯機に入れ、洗剤を量っているところへ、インターフォンが鳴る。

エリックだ。毎月律儀に訪ねてきては、部屋中を掃除して帰る。まめな男だと苦笑しながら扉を開けたところで、絶句した。

「父上……！」

扉の向こうには、エディハラ国王ヨハンがいかめしい顔をして立っている。エリックはその背後に立ち、頭を下げていた。さらには黒のスーツを身にまとった屈強なＳＰがふたり脇を固めており、物々しい。

「なぜ父上が」

「おまえが日本で恋にうつつを抜かしていると聞いてわざわざ来たのだ。なにをしている、アルフォンス。独り立ちするために日本に行くことは許したが、恋人を見つけてもよいとは言っていないぞ」

ちらっとエリックを見やると、申し訳なさそうな顔をしている。きっと、アルフォンスの近況を根掘り葉掘り聞かれたのだろう。

「とりあえず中へどうぞ。いま、お茶を淹《い》れますから」

むっつりとしているヨハンとエリックを部屋に通し、ソファへうながす。ふたりのSPは廊下に待機させることにした。このマンションは富裕層向けの物件なので、エントランスに降りるとSPを連れた要人を見かけることがたまにある。

まさか、父が来日してくるとは思わなかった。通常ならば国賓扱いで多くの忠臣を連れてくるだろうに、ぱりっとしたスーツ姿のヨハンとエリックはどこぞの社長と秘書といった風体だ。アルフォンスと同じく金髪碧眼《へきがん》で、狩りにしょっちゅう出かけているせいか、老いてもなお堂々とした体軀《たいく》だ。

「お忍びでいらしたのですか、父上。母上は一緒にいらっしゃらなかったのですか」

「私だけだ。ヴィルマは体調がすぐれないらしくてな。公務もしばしばやすんでいる」

ヴィルマというのがアルフォンスたちの母の名だ。

「では、いまは兄上たちがあなたの代わりに公務を……？」

「そうだ。……おまえ、自分で茶を淹れるのか」

「なにかいけなかったでしょうか」

ソファにどっかりと座るヨハンに蒸らした紅茶を出してやる。エリックは神妙な顔でそばに立っていた。

「あろうことか王子のおまえがメイドのようなことを……」

「あ、父上、すこしお待ちください。洗濯機を回してこないと」

洗剤を入れなければならないことを思いだしてサニタリールームに向かい、洗濯機のスイッチを押して父のそばに戻った。L字型の突端に腰掛けたヨハンは無言で紅茶を啜《すす》っている。

「お口に合いましたか」

「我が国の茶のほうがずっとうまい」

ふんぞり返るヨハンは鼻を鳴らし、室内を見渡す。

「こんな狭いところで暮らさないでもよかろう。王宮にあるおまえの部屋はもっと過ごしやすいぞ。ここには暖炉のひとつもないではないか」

「これでも、東京《とうきょう》では広い間取りです。ひとりで住むには充分です。それに、エディハラと比べて冬はそう寒くはないので、暖炉は必要ありません」

穏やかに諭したが、ヨハンの渋い顔は変わらない。サニタリールームのほうから響く音を耳にしたのだろう。ますます険しい顔になる。

「洗い物をしているのか？」

「はい、私の衣類を」

「なんたることか……そのようなことは王子のおまえがすべきことではない。エディハラが誇る王子として必要なのは外交手腕と安定した家族だ」

深くため息をついたヨハンがじろりと睨《にら》み据えてくる。

「いますぐ荷物をまとめろ。国に帰るぞ」

突然の宣言に動揺したが、顔には出さずにいられた。

「お待ちください、父上。日本での交流も、仕事も、まだ中途半端です」

「そんなもの、捨てておけ。このまま日本にいたら悪影響ばかり受けかねん」

「ですが、せっかく築いた人間関係を簡単に捨て去ってしまえば、エディハラのイメージは悪化します。私のほんとうの立場を知っている者はすくないですが、その方たちの温情にまだ報いてません」

「私に口答えするのか?」

すごまれたが、アルフォンスも背筋を伸ばした。

五番目の王子として、ずっと愛されてきた。だからこそ、独り立ちしたい。白報堂《はくほうどう》での仕事も大詰めを迎えているし、暁斗《あきと》の行く末も見届けたかった。

「父上、私はひとりの人間として成長するために日本に来ました。美味《おい》しい紅茶を淹れられるようになったのも、自分が着た服を洗うのも、ひととしては当たり前のことです。どれも、王子のままでは知ることができませんでした。私はいま、とても充実しています。あとすこし、お時間をいただけませんか」

「どのぐらいだ」

「来年の春まで」

「長い」

一刀両断したヨハンは腕を組む。

「おまえが日本に残りたい理由はそれだけではないだろう。恋した相手というのはどんな者なのだ。どこのご令嬢だ」

重要な部分に切り込まれ、慎重に言葉を選んだ。

「――ご令嬢ではありません。大学生の青年です」

「まさか、同性愛なのか？」

ヨハンはあっけに取られている。それぐらいの反応は覚悟していた。

「我が国では同性愛を認めているでしょう。おかしなことではありません」

「何度も言うがおまえは王子だぞ。すこやかな家庭を築き、後継者を残すことが使命ではないか。一国民とは違う」

「我が国の幸福な未来は、兄上たちがすでに作り上げてくださっています。父上は私個人がしあわせになることを願ってくださらないのですか」

「それとこれとはべつだ。おまえはヴェルマが苦労して産んだ最愛の子だぞ。国王の私とて当たり前の親ごころはある。私の言うことを聞いて、隣国の令嬢と結婚すればなにもかも丸く収まる」

「私は暁斗さんを愛しています。彼以上のパートナーはどこを探しても見つかりません。誠実で、実直で、自分の特技を生かして新しい仕事に繋《つな》げようとしています。そんな大事な場面で、私が彼のそばを離れるわけにはいきません」

「アキトというのか、おまえをたぶらかしたのは」

ヨハンは唸《うな》り、「会わせろ」と怒気を含んだ声で言う。

「おまえにそこまで言わせる男がどんな者なのか、私自身の目で確かめる。エリック、アキトの居場所は摑《つか》んでいるのか」

「はい、陛下」

「ではすぐに行くぞ。アルフォンス、おまえもだ」

ずかずかと部屋を出ていくヨハンを慌てて追いかける途中、洗濯機の様子を確かめた。

洗い終わった頃に戻ってこられればいいのだが。


曲がりなりにも国王であるヨハンを電車に乗せるわけにはいかないので、エリックとともにタクシーに手を上げた。

「狭いな」

エディハラでは王宮御用達《ごようたし》の外国車に乗り慣れているヨハンが後部座席でぼそりと呟《つぶや》く。SPたちは後継車で追ってきていた。

「これが日本の一般市民が乗る車ですよ、父上。あまり文句を言わないでください」

たしなめたが、ヨハンは答えず、車窓の外の景色を眺めている。

三十分ほどで暁斗のアパートに着いた。

のっそりとタクシーから降り出たヨハンに「ここが暁斗さんの住まいです」と言うと、あんぐりと口を開けている。

「あばら屋同然ではないか……」

「父上、失礼なことを言わないでください。彼はたったひとりで生計を立て、ここに暮らしているのです。暁斗さんには丁寧な対応をお願いします。父上とて、一国の王でしょう」

「丁寧に接するかどうかは私が決める」

暁斗の部屋のチャイムを鳴らすと、「はい」と声が聞こえてきた。

アルフォンスだけが帰ってきたと思っているのだ。いきなりアルフォンスの父が訪ねてきたと知ったら彼も緊張するだろう。もしかしたら、アルフォンス自身もエディハラの王子だとバレるかもしれない。そのことはいまはどうしても伏せておきたかった。暁斗は裕福な暮らしを享受している者を苦手としている。いつかは告白しなければならない真実だが、できるだけ穏やかに切り出したい。

扉が開き、パーカとジーンズ姿の暁斗が「おかえりなさい」と言い終える前にヨハンがずいっと前に出る。そのことに驚いた暁斗はヨハンの背後にいるアルフォンスとエリックを見やり、困惑している。

「アルフォンスさん、エリックさん、この方は」

「私の父だ。あなたに会いたいと言うので連れてきた」

「アルフォンスさんのお父様、ですか。……はじめまして、石原《いしはら》暁斗と申します」

突然のことに緊張しつつ頭を下げる暁斗を睥睨《へいげい》し、ヨハンも名を名乗る。

「ヨハン・エークルンドと言う。そなたはアルフォンスと恋仲にあるそうだな」

母国語をなめらかに操る国王に、エリックが素早く訳して暁斗に伝えた。

部屋に入る前から核心を突く父に、暁斗は面食らっている。

「あの、ええと……その、部屋に上がっていきませんか。お茶をお出しします」

けなげな暁斗に胸が苦しくなる。暁斗を萎縮させるつもりはまったくないのだが、父の迫力に暁斗はいささかたじろぎながらも、室内へと上がらせてくれた。

ヨハンはぐるりと室内を見渡し、口を引き結んでいる。

けっして楽な暮らしではないことをひと目で悟ったのだろう。

「どうぞ、お座りください」

しかしヨハンは立ち尽くしたまま、暁斗をじろじろと見ている。

「……父上、暁斗さんの言うとおり、ひとまずはお座りください」

耳打ちすると、ヨハンは渋々といった様子で椅子に腰掛け、深く息を吐く。てきぱきとお茶の準備をする暁斗を見る目は厳しい。

「どうぞ、紅茶です」

湯気を立てているティーカップに口をつけない父にはらはらする。

「ここにはひとりでお住まいか」

「はい」

「ご家族は」

「いません。俺ひとりです」

「大学生だそうだな。どうやって生計を立てているのだ」

矢継ぎ早の問いをエリックが伝え、怖じけない暁斗の言葉を国王に耳打ちする。まるで尋問のようだ。何度か口を挟もうとしたが、そのたび、エリックが必死な視線で止めてくる。父を納得させられる人物かどうか、彼も知りたいのだろう。

「カフェでバイトしながら、ゲーム制作をしています」

「……ゲーム？」

ヨハンが眉をひそめる。それからちらりとアルフォンスを振り返った。王族の中で、ゲームに興じているのはアルフォンスぐらいだと父も知っている。

「そのような子ども向けの仕事でほんとうに食べていけるのか」

「子どもでも、大人でも遊べます。いままでは誰でもフリーで遊べる作品を創っていましたが、アルフォンスさんとエリックさんがアドバイスしてくれたおかげで、次からはお金をちょうだいすることにしました」

ずけずけとした父の物言いに気を悪くすることもなく、暁斗は丁寧に答える。

「エリック、おまえも彼にたぶらかされたひとりか」

「いえ、そうでは——ありませんが……応援したことは確かです」

「なぜだ。彼のような平凡な者が創る作品にそこまでの魅力があるのか」

「父上、言葉が過ぎます」

思わずいさめた。しかし、ヨハンはあくまでも暁斗を睨んでいる。暁斗も昂然《こうぜん》と顔を上げていた。

「アルフォンスさんが僕のゲームを楽しんでくれたことで、この道を進んでいこうと自信がつきました。ほんとうに嬉《うれ》しく思っています」

「暁斗さん……」

胸がじんと熱くなる。一ユーザーとして役目を果たせたのだ。

彼と同居していたことでひとつわかったことがある。

ゲーム制作は孤独だ。大勢のスタッフを抱えているメーカーとは異なり、ひとりで創っている暁斗は確実にそうだろう。

地道にプログラムを組み、数えきれないほどデバッグし、ベータ版、アルファ版、そしてマスターアップへ至るまで、誰の歓声も届かない。世に出るまで、手がけている作品がおもしろいのかそうではないのか、わからないのだ。

不安で眠れない日もあったはずだ。アルフォンスが彼の目の前でプレイするまでは、ユーザーは遠いところにいただろう。

彼の一助になれたことが誇らしい。

「もともと暁斗さんには豊かな才能があったのです。私はほんのすこしお手伝いをしただけに過ぎません。あなたは今後もっともっと開花していきます。私はそれを近くで見守れば……」

「アルフォンス、おまえは我がエディハラの王子だ。日本で知見を広めたいというから一年間国を出るのを許したが、こんなにも個人に入れ込むことまでは認めていないぞ」

ヨハンが落とした爆弾——エリックの低い声を介した通訳に、部屋がしんと静まりかえった。

アルフォンスもエリックも——暁斗も口を開けず、ただ視線をさまよわせていた。

ごくりと息を呑《の》む暁斗がおそるおそる視線を向けてくる。

「……アルフォンスさんが……王子様？」

かすれた声の暁斗になにか言う前に、ヨハンが「そうだ」と断じる。

「ここにいるのは私の嫡子、エディハラの第五王子だ」

「でも……でも、アルフォンスさんはワーキングホリデーで来日したって」

「それは方便だ。アルフォンスは日本で庶民の暮らしを学び、来年の春には国に戻る予定だった。そして隣国の令嬢と婚礼の儀を挙げる。こんな寂れた場所にいていい者ではない」

「……そんな」

目を瞠《みは》った暁斗がよろめきながら立ち上がった。

「暁斗さん」

すかさず彼を支えようとしたが、震える手で振り払われた。

「嘘《うそ》、……ついてたんだ」

「違う、違うんだ。これには訳が」

「嘘ではない。アルフォンスはこんなところにいていい者ではない。国に戻れば大勢の民に愛されるれっきとした王子だ」

ヨハンの決定打に、暁斗がくちびるを強く噛《か》み締める。その目にはうっすらと涙が浮かんでいた。

「……出ていけ」

「どうか私の話を聞いてくれないか」

「出ていけよ！」

ぴしりとした声にヨハンが立ち上がり、「行くぞ」とエリックとアルフォンスをうながす。

だが、アルフォンスは踏みとどまった。

「確かに……あなたに嘘をついたかもしれない。すまない、どうか許してほしい。私の立場はどうあれ、あなたの作品を愛していることは真実だ」

暁斗は両耳を手でふさぎ、背中を向けてしまう。

そのかたくなな仕草を見たエリックに背を押された。

「参りましょう、殿下。お遊びの時間はもう終わりです」

「遊びではない。おまえまでそんなことを言うのか。おまえだって暁斗さんの作品に魅了されたではないか」

「国王の言うことは絶対です」

「エリック！」

ぐいっと腕を摑まれ、むりやり玄関へと連れていかれた。

「……暁斗さん！」

必死な叫びは暁斗に届かない。

寂しい背中を視界の端に残すのがこれほどつらいとは思わなかった。

12

マンションに戻るなり、ヨハンが「荷物をまとめろ」と言った。

「アルフォンス、おまえは明日、私と国に戻れ」

「いやです」

一方的な命令にあらがったが、ヨハンは動じない。

「エリック、ここの片付けはおまえに任せる。私とアルフォンスは今夜ホテルに宿泊し、明日帰る」

「かしこまりました」

昔から世話していたアルフォンスならともかく、国王には逆らえないエリックが深々と頭を下げる。

「アルフォンス、なにをしている。さっさと行くぞ」

愛情深い父だが、ときにひどく頑固になる。

二十四歳にもなって、親離れできないとは情けない。立ち尽くしていたが、ヨハンがまったく譲らないことがわかって深くため息をつき、不承不承クローゼットからキャリーケースを取り出し、下着や服を詰め込んだ。

「……エリック、洗濯機の中のものを干しておいてくれ」

「お任せください」

来年の春までこの部屋にいられたはずなのに。勤め先の相原《あいはら》や仲間たちにもろくに挨拶ができず、志なかばでここを去ることが口惜《くや》しかった。

王子でなければ。

たったひとりの男であれば、こんなことにはならなかった。

恵まれた立場に生まれ、愛され、育ってきたことがいまは重い枷《かせ》だ。

ヨハンとともにマンションを出れば、鈍色《にびいろ》の空から小雨がぱらついていた。早くも十一月だ。時刻は夕方の四時だが、もう薄暗い。雨を避けるようにしてタクシーに手を上げ、ヨハンが泊まる都心のラグジュアリーホテルの名を告げた。

車内でも、ホテルに着いても、アルフォンスは黙りこくっていた。ヨハンのやり方に打ちのめされたのだ。

王子といっても、すべてが叶《かな》うわけではない。国王であるヨハンの言うことは絶対で、逆らうことができない。

メッキの鎧《よろい》をまとっているような気分だ。

生きてはいるけれど、自由とは無縁だ。このまま国に帰ってしまえば、生涯王子として役目を果たすことになるだろう。

それはエディハラにとってしあわせなことかもしれないが、アルフォンス一個人としてはどうなのか。

王室に生まれ育ったのだから、国民のために生きるという考えは自然とすり込まれてきた。アルフォンスも、そうしてきたつもりだ。『HANABI』に出会うまでは。

幼い頃から外国――日本に憧れ、さまざまなカルチャーを知るたびに胸を熱くさせてきた。

そしてインターネットを介して出会ったのだ。暁斗《あきと》に、暁斗の作品に。

どうしても会いたかった。こんなに鮮やかで繊細な作品を創るのはどんなひとだろうと想像をめぐらせたものだ。

花火とは、一瞬で終わる素敵な夢。

それを、『HANABI』は繰り返し何度も楽しませてくれる。

ヨハンから隣国の令嬢との結婚を持ち出されたとき、国を出るのはいましかないと悟った。

一年間あれば、なんとか現状を打破できるのではないかと考えたのだ。

しかし、その夢は半端なところで破れ去った。

暁斗をひどく傷つけてまで。

胸がじくじくと痛む。思えば、これが初めての恋だった。初恋は実らないものとなにかの本で読んだ気がする。情けない自分もそうなのか。

お忍びで来日したとはいえ、ヨハンはスイートルームを押さえており、気難しい顔をしたまま部屋に入り、ソファにどかりと座る。広々としたリビングにキッチン、二つのバスルームにトイレ、会議室もあり、ベッドルームも二つあった。

「腹が減ったな。夕食はこの部屋に運ばせよう。アルフォンス、適当に頼んでくれ」

「……はい」

備え付けのメニューを手に取り、チキンのグリルとスープ、サラダにパンとシャンパンを注文した。

テレビも点《つ》けない部屋は居心地が悪いほど静かだ。

そうこうするうちに部屋のチャイムが鳴り、ボーイがワゴンを押して入ってくる。礼儀正しくテーブルを整え、料理を並べて出ていく。

「さあ、食べよう」

シャンパンを呷《あお》り、食欲旺盛にスープやチキンを平らげていくヨハンとは反対に、アルフォンスはサラダをつつくぐらいだ。

とても食べる気にはなれない。

いま頃、暁斗はどうしているだろう。あの愛すべきちいさな部屋で、ひとり食事をしているだろうか。

もしかしたら、ショックを受けて早々にベッドに入ってしまったかもしれない。そのことを思うと胸がずきずきする。

「なんだ、食べないのか？」

「食欲がありません」

「アキトのことが気になるのか」

ナプキンで口元を拭うヨハンをちらりと見やり、うつむいた。

「心配するな、国に戻ればすぐに忘れる。ヴィルマもおまえの顔を見れば元気になるだろう」

やさしい母のことを思うと、申し訳なさが募る。四人の兄たち以上に愛情を注いでくれた母は、遠いエディハラでアルフォンスの帰りを待ちわびているはずだ。

けっしてエディハラがきらいになったわけではない。祖国への愛はもちろんある。しかし、それ以上に暁斗にこころを奪われた。

暁斗と、暁斗の作品に惹《ひ》かれ続けた八か月間。長いようでいて、ほんとうにあっという間だった。もし、この国を去ることになったとしても、こんな別れ方は想定していなかった。

アルフォンスは折に触れ、暁斗への愛を示してきたが、彼からの返事はまだ聞いていない。

『出ていけよ！』

耳にこだまするあれが別れの言葉なら、寂しすぎる。いっそ、横っ面をはたかれてもおかしくなかった。

ひと足先に食事を終えたヨハンは空腹が満たされたことで機嫌を直したのか、風呂に入り、ガウン姿で出てきた。

「ほとんど寝ずに来たから疲れた。私はもうやすむ。明日のフライトは長いからおまえもしっかり寝ておけ」

「……わかりました」

ヨハンがベッドルームに姿を消し、ひとり取り残された。冷めたチキンやスープを食べる気にはなれず、シャンパンを啜り、ぼんやりしていた。

窓辺に寄り、高階層から夜景を見下ろす。宝石箱をひっくり返したような煌《きら》めきも、日本らしい風景だ。

窓にぽつぽつと雨が打ちつけていた。額を押しつけるとひんやりと冷たい。

ここで黙ってヨハンの命に頷《うなず》き、シャワーを浴びてベッドに入り、眠る。そして明日の便でエディハラへと帰る。

そう考えただけで胸がざわついた。

暁斗が住む日本を離れ、遠い祖国へと戻り、二度とこの地を踏むことはない。暁斗を忘れてしあわせな結婚ができるとはまるで思えなかった。できたとしたら、一流の詐欺師だ。

「……こんな終わり方はいやだ、暁斗さん」

声に出すと、腹が据わる。

どんなにそしられようとも、もう一度だけ暁斗に会いたい。会って、彼の顔を目に焼きつけたい。好きだと言いたい。それで彼が背を向けるのなら、それまでだ。

耳をそばだてても、なにも聞こえてこない。ヨハンはもう眠りについたのだろう。足音をひそめ、アルフォンスは静かに部屋を抜け出した。

13

財布とスマートフォンだけ持ってホテルからタクシーに乗り、暁斗《あきと》のアパートへとたどり着いた。

住宅街にあるアパートはひっそりしている。街灯がまばらなのもあって、よけいに寂しく思えた。

暁斗は二階の一番奥に住んでいる。いますぐ扉を叩けばいいのだが、いざとなると腰が引けてしまう。

「あの部屋だな……」

明かりのついている部屋を見上げた。カーテンは開かれたままだ。暁斗はまだ起きている。

ぐっと拳を握って一歩踏み出すものの、ここに来て臆してしまい、なかなか先に進めない。

しだいに雨脚が強くなってきた。傘を持っていないので、髪や身体《からだ》がしとどに濡れていく。

近くのコンビニに傘を買いに行けばいいのだが、ここを離れたくない。いますぐにも、あの窓から暁斗が顔をのぞかせてくれそうな気がしたのだ。

夜更けに男ひとりがぽつんと立っていたら不審者だと思われそうな気がしたけれど、それでもこの場を離れられない。

「……暁斗さん」

祈るように呟き、窓を見上げ続けた。

どれぐらいそうしていただろう。ゆらりと人影が視界に映り、はっとなった。暁斗が窓を開いて雨の強さを確かめるように手を差し出し、ふと視線を落としたところで互いに目が合った。

「……あ……」

声が届いたわけでもないだろうに、目を丸くした暁斗は立ち尽くしている。

「暁斗、さん」

土砂降りの雨の中、彼の名を呼んだ。それと同時に暁斗が後ずさり、窓を固く閉じてしまう。カーテンも一緒に。

——やはり、だめだったか。

いまや髪の先からもぽたぽたと水滴が垂れ落ち、靴の中までぐっしょりだ。このままでは風邪を引いてしまう。雨とともに冷え込んできて、身体が震えた。

十一月の夜の雨に打たれ、閉じたカーテンを見上げる。恋の魔法にやられた馬鹿な男の末路だと苦々しく笑い、それでも窓を見上げた。

いつまでこうしていれば諦めがつくのだろう。自分に問うても答えは出ない。

せめて朝が来るまで、ここにいたい。

くしゃみをし、両腕で震える身体を抱き締めた。

案外しつこい自分をあざ笑うものの、暁斗への恋ごころは本物だ。

二度とあのカーテンが開かず、朝が来たら、ここを立ち去る。それ以上は暁斗にも迷惑だ。

思い返せば、最初から好意を持って暁斗に近づき、彼の良心につけ込んで同居までさせてもらった。『うちに泊まりませんか』と言い出したのは暁斗だけれど、そもそもそういうふうにアルフォンスがレールを敷いたのだ。『ＨＡＮＡＢＩ』の制作者を突き止め、身元と住まい、バイト先まで探り、ここまで来た。そのことを知ったら、いかにやさしい暁斗でも怒るだろう。

「……暁斗さん、申し訳なかった」

寒さがひたひたと忍び寄ってきて、じっとしているのも難しい。ぶるっと頭を振って水滴を散らし、足踏みをする。

時間の感覚がなくなっていく頃、カーテンがちらりと開いた。

細い隙間から、暁斗が顔をのぞかせる。

あまりの嬉しさに、「暁斗さん」と踏み出した。それもつかの間、カーテンが乱暴に閉じる。

そろそろ警察に通報されるかもしれないと危ぶんだが、いまさら帰るのも惜しくて、二度、大きなくしゃみをした。

もう一度だけ。

もう一度だけ暁斗が顔を見せてくれたら、潔く立ち去る。罵倒を投げつけられてもいい。暁斗の声が聞きたかった。

またくしゃみをし、がたがたと震えていると、かすかに扉の開く音が聞こえてきた。とんとんと階段を下りてくる足音に続き、ほっそりした男性がビニール傘を開いて近づいてくる。

「……あき、と、……さん」

寒さで声がうまく出ない。

あきらかに怒っている暁斗は手にしていたバスタオルをアルフォンスの頭にかぶせるとぐしゃぐしゃとかき回す。そして手を繋いできた。

なにがどうなるのかさっぱりわからないが、彼に従うつもりだ。

暖かい部屋に入れてくれた暁斗は玄関口で再びアルフォンスの髪や身体をバスタオルで拭う。

「靴下脱いで、上がって」

「あ、ああ」

「お風呂沸いてるから、とにかく温まって」

「わかった」

濡れた靴と靴下をもたもたと脱ぎ、バスルームへ直行した。

冷えた身体に熱い風呂は天国だ。指先がふやけるまで温まり、髪や身体を丁寧に洗ってから外に出ると、清潔なルームウェアと下着が洗面台に置かれていた。どちらも、アルフォンスがこの部屋で暮らしていた間に身に着けていたものだ。

湿った髪をタオルで拭っていると、ドライヤーを手にした暁斗が「こっちに来て椅子に座って」と言う。

素直に従い、キッチンの椅子に腰掛ける。ドライヤーのスイッチを入れた暁斗のしなやかな指が髪をすくい、根元から乾かしてくれる。

「暁斗さん、自分で乾かすから大丈夫だ」

「……いつからあそこにいたんだよ」

背後に立つ暁斗の表情は窺《うかが》えないけれど、声はまだ怒りを滲《にじ》ませている。

「覚えてない。たぶん……数時間」

「今夜は冷え込んでるんだよ。あのまま雨に打たれてたら風邪を引くっていうのに。アルフォンスさん、馬鹿なんじゃないの」

生まれてこの方、他人に「馬鹿」と言われたことがなかったので、やけに新鮮だ。

「そうだな。私はあなたのことになるととんでもなく馬鹿になってしまうようだ。いま知った」

髪から湿り気がなくなり、さらさらと艶を取り戻したところで暁斗がスイッチを切る。髪から手が離れるのが寂しい。

そのまましばし無言が続いた。

晩斗は言うことがなくても、アルフォンスには言いたいことがたくさんある。

「押しかけてすまない。どうしてもあなたに会いたくて」

「……明日にはエディハラにお帰りになるんでしょう、アルフォンス殿下」

かすれた声には諦めが滲んでいる。

「仮にも一国の王子様がこんなところにいらしてはいけません。傘をお貸ししますから、ホテルへお戻りに――」

悔しさの混じる声を聞いたら歯止めが利かなくなった。すっくと立ち上がって振り向き、暁斗をかき抱いた。

「な……なにするんだよ！　離せ！」

「離さない」

もがく暁斗を何度も抱き締め直した。暁斗も暁斗でじたばたと暴れ、あまつさえ拳で胸を叩いてくる。加減知らずの叩き方に暁斗の怒りを感じ取り、何度か咳《せ》き込みそうになったが、ほんとうの想《おも》いを伝えるにはいましかない。

「好きだ、暁斗さん。あなただけを愛している」

「そういうこと簡単に言って……なんだっていうんだよ！　あなたと俺は立場が違いすぎるじゃないか。俺はしがない庶民で、あなたは王子だよ。目を覚まして」

「王子であることは確かだ。だが、私はただひとりの男としてあなたを愛した。それはいけないことなのか」

「ワーキングホリデーで来日したって嘘、ついてたんだよね」

「実際にその形式は取っていないが、白報堂で仕事していたのは事実だ。同僚とともに、あなたの作品を世に出すためのイベントを練っている最中だった。【ハチと太陽】さんにコンタクトを取ったのも、ひとえに暁斗さんの作品に魅了されたからだ。——私たちが築いてきた道はまだ途中ではないか。私は暁斗さんとこの先もともに歩いていきたい、そう願っている」

胸を叩く拳の力がしだいに弱まっていく。

「……信じられない。裕福なあなたは俺との質素な生活が新鮮だっただけだ。いつかはいやになって、飽きて、俺のもとを去るはずだ。絶対そうだ」

「なぜそう言い切れるのだ。私には豪奢《ごうしゃ》な王宮よりも、ここでの暮らしのほうが肌に合っている。朝起きたら暁斗さんとおはようの挨拶をして一緒にテーブルを囲み、仕事に出かける。帰ってきたらどちらかが先に夕ごはんの支度をして待っている……この部屋で。そんな当たり前のしあわせを、暁斗さんは教えてくれた。いまさら国に帰れなんて言わないでくれ」

切実に訴えた。暁斗はうつむいて黙っている。

「あなたのいない世界を考えただけでうつろになる。私はどんなことがあってもあなたを支え、そばにいることを誓う。どうか信じてほしい」

「でも……明日にはエディハラに帰るだろう」

「帰らない。父は私が説得する」

「結婚とか、……どうするんだよ。アルフォンスさんだけの問題じゃないのに」

「わかっている。だが、私はあなた以外の誰とも人生を歩む気はない。どうぞ私の愛を受け取ってもらえないか。あなたに捨てられたら、私はどこへ行っていいかわからない」

「そういうの……ずるいよ。アルフォンスさんは俺の作品を目の前で楽しく遊んでくれたひとなんだ。出会ったときから素敵なひとだなと思って……キスも、身体をゆだねたのもあなたが初めてだよ。突然俺の人生に現れて、深い跡を残すだけじゃなくて、作品創りにもたくさんのアドバイスと力を与えてくれた……大事なひとだよ」

「暁斗さん……」

拳を固めていた手が開き、アルフォンスの胸のあたりをくしゃりと掴んでくる。

「あなたが応援してくれたからこそ、新作ができたんだ。なのに、いきなりお父様を連れてこられてエディハラの王子だとかなんだとか言って、俺を振り回して」

「ほんとうに申し訳ない。あなたを傷つけてしまったことは生涯を懸けて償う。こんな愚かな私だが、そばに置いてもらえないか」

床に片膝をつき、暁斗の手を取って甲にそっとくちづけた。

「暁斗さんを愛しています。私の人生をあなただけに捧《ささ》げることを、いまここに誓います」

見上げれば、暁斗は目に涙を溜《た》めていた。ほろりとこぼれ落ちるしずくを指の腹ですくい取り、もう一度抱き締めた。今度は暁斗も身体を預けてくる。

「……俺も、アルフォンスさんが好き。大好きだよ」

「無位無冠の私になっても？」

「どんなアルフォンスさんでも、きっと好きになってた。最初から王子様として現れていたら、ただの憧れとして遠くから見ているだけだっただろうけど……こんなにも俺のこころに食い込んでさっさと国に帰るなんて許さない」

まっすぐな気質の暁斗らしい言葉に笑うと、彼も涙混じりに微笑む。それがいとおしくて、可愛《かわい》くて、顔中にキスを散らした。

くすぐったがる暁斗を抱き締め、耳たぶを軽く噛んだ。

「暁斗さんを抱きたい。許してもらえるか」

「だめって言ったら？」

甘さが滲む声すらも奪って、アルフォンスは暁斗にくちづけた。

14

けだるくも幸福な朝を迎え、アルフォンスと暁斗《あきと》は熱いシャワーを浴びて簡単な朝食をとり、身支度を調えた。十一月の朝は空気が冷たい。アルフォンスも暁斗もVネックのニットにウールのパンツを穿《は》き、薄手のウールコートを羽織った。

「ほんとうに一緒に行くのか、暁斗さん」

「ここまで来て置いていかないでよ。俺も一緒に頭を下げるから」

可愛いことを言う暁斗の額にキスをし、ともに部屋を出た。

向かう先はヨハンが宿泊しているホテルだ。まだ朝の八時だが、ヨハンはとうにアルフォンスがいないことに気づいているだろう。エリックからの連絡は入っていなかった。いま頃ヨハンに呼び出されてこってり絞られているかもしれないと思うとさすがに申し訳ない。

タクシーでホテルに乗りつけ、緊張している暁斗の肩を抱いてロビーへと足を踏み入れる。

「めちゃくちゃ怒られるかな……」

「大丈夫。私が盾になろう」

逞《たくま》しいSPたちが守るスイートルームのチャイムを鳴らすと、すぐにエリックが顔を現した。

アルフォンスの隣に暁斗がいるのを確かめると、安堵《あんど》したような表情を見せたのが意外だった。

「国王はすでにお待ちですよ」

「怒ってるか？」

「それはご自分の目でお確かめください」

澄ました顔のエリックに続いて室内に入った。リビングではしかめ面をしたスーツ姿のヨハンが腕組みをしてソファに腰を下ろしている。

「父上、おはようございます。ゆっくりおやすみになられましたか」

「まあな」

じろりと睨んでくるヨハンはアルフォンスと暁斗を交互に見やる。

「どういう顔で来るかと思ったが、口を開けば甘ったるいことを言い出しそうだな、ふたりとも。アルフォンス、どういうつもりで抜け出した？」

「父上にわざわざ足を運ばせてしまったのはほんとうに申し訳ありませんが、私はエディハラには帰ることはできません。——暁斗さんと日本で暮らしていきます」

「王子という立場はどうする」

「私の場合、第五王子ですから、王位継承権はあってないようなものです。これを機に王室から離れたいと思っております」

「本気か。支援は打ち切るぞ。生まれたときから裕福な暮らしをしてきたおまえが、いまさら庶民と同じ生活ができると思うのか」

「暁斗さんと一緒なら可能です。それに、ただ無冠になって羽を伸ばしたいというのではありません。国を取るか、暁斗さんを選ぶか。私なりに悩み、考えました。父上、私たちの人生は想像以上に長いものです。その中で、多くの知識や経験を得るでしょう。私は暁斗さんと暮らしていくことでたくさんのものを目にして、我がエディハラの発展に繋がるよう、フィードバックして参ります。不出来な息子ではありますが、精一杯努めます」

じりじりと追い詰めてくるヨハンに胸を張る。

どちらも引かなかった。ここで目をそらせば、暁斗との未来は手に入らない。

息を吸い込んだときだった。暁斗が一歩踏み出し、頭を下げる。

「私のような、身元が怪しい者はアルフォンスさんのパートナーにはふさわしくないかもしれません。でも、私の想いは本物です。ともに過ごしていくことをどうかお許しください。かならず、陛下のご期待に添えるような未来をアルフォンスさんとともに手にしてみせます」

決意のこもった言葉をエリックが通訳し、ヨハンが目を瞠る。

アルフォンスとしては、彼の肩を強く抱き締めるだけだ。

沈黙が続いた。

またヨハンが暁斗を傷つけるのではないかと危惧し、口を開こうとすると、深いため息が聞こえてきた。

「……子離れの時期というわけか」

「父上」

「もしも、おまえが昨晩この部屋を抜け出さなかったら、アキトへの想いもその程度だろうと踏んでいた。しかし、おまえはエディハラよりもアキトを選んだ。希望の塊のようなアキトをな。……アルフォンス、ひとりの男としてアキトを生涯守れるか」

挑むような目つきに、「はい」と頷く。

「私の人生を懸けて、アキトさんをお守りします」

「その言葉に偽りはないか」

「ありません」

ヨハンが立ち上がり、暁斗に手を差し出す。

「末の息子ということもあってアルフォンスにはなんの苦労もさせたくなかった。しかし、あえてきみとふたりで人生の荒波に揉《も》まれたいらしい。……アキト、きみにはいやな思いをさせてすまなく思う。きみがあの場で引き下がっていたら、アルフォンスは問答無用で国に連れ帰るつもりだった。しかし、結末は違ったな。アキト、きみの勝ちだ」

晴れやかに笑うヨハンの手を握り、暁斗も微笑む。

「私の可愛い息子をよろしく頼む。今度は私の国に来てくれ。家族全員できみを迎えよう」

「はい、ぜひ」

しっかり頷く暁斗が振り返り、アルフォンスも笑いかけた。

「さあエリック、そろそろ空港に向かうぞ。おまえにも迷惑をかけたな」

「とんでもありません、陛下。お荷物はまとめてあります。参りましょう」

颯爽《さっそう》と歩き出すヨハンに、思わず声をかけた。

「父上、私のフライトを直前でキャンセルさせてしまってすみません」

「そもそもおまえのチケットは取っていない」

茶目っ気たっぷりにウインクしたヨハンに、アルフォンスと暁斗は顔を見合わせ、声を上げて笑った。

15

「いいお父様だったね。アルフォンスさんのこと、とても大事にされてたんだろうな」

「お恥ずかしい。だが、暁斗《あきと》さんと歩んでいくことを認めてもらえて嬉しい」

空港に向かったヨハンとエリックを見送ったあと、せっかくだからとホテル内のラウンジでお茶を飲んでいくことにした。

昼前のラウンジはほどよい賑わいで、暁斗は熱いダージリンティーに頰をゆるめている。ヨハンの前では緊張しどおしだったのだろう。いまはゆっくりと紅茶の香りを楽しみ、ときおりあたりを見回している。

「国王陛下ともなると、こんな高級ホテルに泊まるものなんだな。さっきのスイートルームも、内心では気圧《けお》されてた。扉の外にいたのって、SPだよね?」

「ああ、公式の場ではもっと多くのSPをつけるのだが、今回はお忍びだったから二人が限界だったようだ」

「映画みたいだったよ」

屈託なく笑う暁斗は、「お茶も美味しい。『雲』のほうがもっと美味しいけど」とカップに口をつける。

「父は浪費家ではないのだが、このホテルは皇居が近いこともあって警備が固い。来日の際はここを選ぶ」

「なるほど……それにしてもアルフォンスさんがエディハラの王子様かぁ……いまでもなんだか実感が湧かないな。俺、だいぶ生意気なこと言っちゃいましたけど、ほんとうにあなたと一緒にいていいのかな」

「いまさら迷わないでくれ」

焦るアルフォンスに、暁斗がくすくす笑う。

「冗談、冗談。宣言どおり、あなたと生涯をともにします。……ちょっと恥ずかしいけど」

「――もうすこし恥ずかしいことを私とするか？」

「え？」

「あらためてこのホテルの部屋を押さえた。スイートルームではないが、きっと気に入ってもらえると思う」

「い、いつの間に」

ぱっと顔を赤らめる暁斗に、スマートフォンを見せる。

「最近はなんでもオンライン決済ができて便利だな。紅茶が運ばれてくる前に部屋を取った」

「……昨日だってあまり寝かせてくれなかったのに」

「昨日は昨日、今日は今日」

「言うよね」

軽く睨まれたが、その目元がほんのり染まっていることに気づき、アルフォンスはテーブル越しに身を乗り出す。

「何度抱いてもあなたが足りない。暁斗さんのすべてがほしい」

「……もう……」

くちびるをつんと尖《とが》らせる暁斗がティーカップをソーサーに戻す。

「まだ昼間なのに」

「いささか背徳感があってそわそわするな」

小声でやり取りしながら会計を終え、ラウンジを出る。ロビーの片隅にあるエレベーターに乗る間も、暁斗は口をつぐんでいた。

十二階でエレベーターは停《と》まり、暁斗の肩を抱いて廊下の突き当たりにある部屋へと向かう。扉を開き、暁斗がぎこちない足取りで二台のベッドに近づき、こちらに背中を向けてぽすんと腰掛ける。

その華奢《きゃしゃ》な背中がいとおしくて、ぎゅっと抱きついた。

「っ、アルフォンスさん」

振り向いた顎を捉えてくちづけながらコートを脱がせ、ゆっくりと押し倒していく。やっと自由に彼を愛せる。そう思ったら簡単に火がついてしまい、頭の中が熱くなる。

「ん、……っん……ふ……」

惑う舌を絡め取り、じゅるっと吸い上げる。昨日散々むさぼったはずなのに、ぜんぜん足りない。舌をうずうずと摺《す》り合わせて唾液を混ぜると、暁斗の喉がこくんと鳴る。

「シャワー……浴びないと……っ……ぁ……」

「このままのあなたがほしい」

くちびるを食みながらささやき、首筋にねろりと舌を這《は》わせていく。綺麗《きれい》な肌に吸いつくとほのかに赤くなる。それが楽しくて何度も吸いつき、所有の跡を残す。

「だめだって、跡、残ったら……」

あえぎながらも、暁斗も身体を擦りつけてくる。昂《たかぶ》っているのだろう。息が浅い。

ニットの上からかりかりと胸の尖りを引っかくと、暁斗がくぐもった声を上げる。むずがゆさを発散させるために身悶《みもだ》える暁斗からニットを脱がせ、ぷつんと尖った肉芽に吸いついた。

「あ……！」

びくんと身体をしならせる暁斗の感度のよさに微笑み、ちゅくちゅくと舐《ねぶ》り回す。まぁるくふくらんだ尖りを舐めるだけでは足りなくて、軽く嚙み転がすと透きとおった肌がさあっと朱に染まる。

「ん、んっ、んぁ、あっ」

「暁斗さんは胸がほんとうに弱い。感じるか？」

「か、……かんじ、な、い……っ」

ここまで来て強情を張る暁斗にちいさく笑い、「だったら」とくちびるを離して息を吹きかける。

「え……」

「このぐらいにしておこう。感じないのだろう？」

「……う……」

ふうっと熱い息を吹きかけることを繰り返すと、暁斗はたまらないようにびくびくと身体を波立たせ、「……やだ」と泣き声を漏らしてアルフォンスの首に手を回してきた。

「……このままじゃ、いやだ……」

「じゃあ、どうする」

「う……ぅ……」

声を詰まらせる暁斗にやさしく問いかける。

「言ってくれないとわからない。私はあなたに恋する愚か者だから」

「う……ん……っ……なめ、て……」

「こう？」

ふっくらと盛り上がる乳首をちろっと舐め上げた。

「もっと、……もっと、……強く……」

「噛んでも？」

「……いい、噛んで、……お願い、噛んで……！」

か細い声を聞くなり、がじりと噛みつき、根元に歯を突き立てた。

「あー……っ！」

舐めたり噛んだりをしつこく繰り返し、ぼってりと乳暈《にゅううん》が腫れ上がる。乳首を指でつまんでくにくにと転がし、きゅうっとねじり、ぱっと手を離す。充血した乳首は見るからに卑猥《ひわい》で、どうにかなりそうだ。夢中で吸いつきながらウールパンツのジッパーを下ろすと、とうに盛り上がっていたそこに引っかかる。

「暁斗さん、硬くなってる」

「……言わない、でってば……」

息も絶え絶えな暁斗から服をすべて取り去り、全裸にしたところでじっくりと眺め回した。

肩も胸も、腹も腰も細い。けれど芯のしっかりした骨が埋まっているのは触れればわかる。

快楽を主張している肉茎に指を巻きつけ、ためらいなく口に含んだ。

「ッ……！」

とろっとした蜜を舌で味わい、先端の割れ目を丁寧に啜り上げる。敏感なそこはひくひくとうごめき、アルフォンスを興奮させる。媚肉《びにく》を舌で抉《えぐ》り、ちろちろと舐めしゃぶると、かすれた声を漏らす暁斗がアルフォンスの髪をきつく摑んできた。

「あっ、あ、そこ、そこ、……いい、……っ」

素直な声に気をよくし、大胆にじゅぽじゅぽとしゃぶり立てた。亀頭からくびれにかけて舌を這わせ、蜜がいっぱい詰まった双果を指で転がすと、暁斗の腰が跳ねる。

「だめ、……っだめ、出ちゃう、イっちゃう……っ」

「私の口に出して」

「あ、っ、あっ、あぁ……も、……っイく、イく……！」

両腿でアルフォンスの頭をぎゅっと挟んだ暁斗がぐうんと背をのけぞらせ、どくりと放つ。若く、濃いしずくはたっぷりとあふれ、余さず飲み干した。暁斗はくたんと身体の力を抜いて寝そべっている。

「はぁ……あ……っあ……っ」

「次はここだな」

内腿《うちもも》の奥に指をすべらせ、くりくりと抉る。昨晩の愛撫《あいぶ》の名残か、いつもよりやわらかな孔の縁を指で押し、そうっともぐり込ませていく。

「……昨日より熱い」

「アルフォンスさんのせい……」

「そうだ、私のせいだ。責任を取らないと」

唾液で濡《ぬ》らした指を挿し込み、ゆっくりと上壁を撫でさする。そこが暁斗の感じるところなのだともう知っている。

「んぅ、う――あっ、あぁっ……」

指を増やすたび、暁斗が声を弾ませる。彼も、この先にある深い快感を待ち望んでいるはずだ。火照る肉襞《にくひだ》をかき回し、しっとりと吸いついてくることを確かめたら、中でばらばらと指を広げる。どんなにゆるめても、アルフォンスが挿《はい》るときはいつもきつい。すこしでも負担をすくなくするため、内腿を摑んで割り広げ、ひたりと舌を押し当てた。

「ア……！」

敏感な部分をべろりと舐め上げられて、暁斗が嬌声《きょうせい》を上げる。ぬくぬくと舌をもぐり込ませて舐め蕩《とろ》かし、暁斗を追い上げていく。

充分に潤したところで身体を起こし、服を脱いでいく。

鍛えた胸、引き締まった腹、そしてその下へと視線を落とす暁斗が目元を赤くし、「おっきい……」と呟く。

「触れてみるか」

「……ん」

震える指が先端に触れ、ぴくんと反応してしまう。そのことに気づいたのだろう、暁斗が上目遣いに、「感じる？」と訊《たず》ねてくる。

「あなたに触れられたらじっとなんかしていられない」

「俺も……。アルフォンスさんの熱、教えて」

甘さを忍ばせた声に我慢できず、猛《たけ》りの根元を支え、窄《すぼ》まりにあてがった。ぐっと腰を押し進めると、めくるめく快感に呑み込まれ、声を失った。

「んん、ん……！」

「……っ、く……きつい……」

「だって、あ、アルフォンス、さんが、おっきく、するから……っ」

ずり上がる暁斗をかき抱き、正面からゆるく腰を遣う。熱い襞がひたひたとまとわりついてきて、アルフォンスを奥へと誘う。やさしくしてやりたいのに、あまりの気持ちよさに止まれなくなりそうだ。

加減していることに気づいたのだろう、暁斗が内腿でアルフォンスの腰をすりっと撫で上げてくる。

「もっと、奥……きて……っ」

「いい、のか」

「ん、ん、いい……っあぁ……っ、あ……！」

一度ずくんと強く突いたらたがが外れた。暁斗のくちびるをふさぎながらずくずくと穿《うが》ち、

肉洞に雄芯を埋めていく。

「あっ、あっ、いい、……っ前より、すごい、奥、届く……っ」

上擦る声に本能が揺さぶられ、ずちゅずちゅと淫靡な音を響かせながら突きまくった。浅い部分にえらを引っかけ、何度も出し挿《い》れすると、暁斗がとうとうしゃくり上げる。

「や、ぁっ、あぁっ、深い……っそこ、だめ、だめ……！」

だめと言われてももう止まれない。のけぞる暁斗の喉元に嚙みつき、大きく腰を遣った。薄い尻肉を艶《いろ》めかしく揉みながら突き入れ、かき混ぜて、極みに達する寸前、暁斗に深くくちづけた。達するときの声すらも吞み込みたい。

「ン、う、ン、んー……っ！」

「……っ……！」

どっと爆《は》ぜて、暁斗の中をたっぷりと濡らす。放っても放ってもまだ飢えていて、暁斗の髪をくしゃくしゃにかき回し、顔中にくちづけた。

「っは……ぁ……っ……あ……っ……」

「よかった、か？」

「ばかに……なっちゃうかと思った……」

「ふふ、私もだ」

やさしく暁斗の頰を撫で、荒い息が漏れるくちびるのラインを指先でなぞる。悩ましい形に開くくちびるに見とれていると、暁斗が欲情に濡れた目で見上げてきた。

「……アルフォンスさん……もう大きくなってる……」

「バレたか。あなたに嘘はつけないな」

悪びれずに微笑むと、暁斗もはにかむように笑う。

「……もう一度、したい」

「何度でも」

暁斗の願いならどんなことでも叶えたい。一緒に叶えていきたい。

今日も、明日も、その先も。

互いにキスを深くして、次の快楽へと沈んでいった。

終章

　ここからは、豊かな可能性が待つ話をしよう。

「相原さん、ご紹介いたします。『過去をあなたと』を開発した石原暁斗《いしはらあきと》さんです」

「初めてお目にかかります。白報堂の相原《あいはら》と申します。僕も『過去をあなたと』をプレイしましたが、いままでにない面白さですね。このインディーゲームイベントでも一番目を引くタイトルかと」

「ありがとうございます。緊張していますが、今日は僕も楽しみたいと思います。よろしくお願いします」

　私の隣で暁斗さんが嬉しそうに頭を下げる。

　新しい年が明け、寒さがすこしずつ弱まる三月に念願のインディーゲームイベントが都内で開催された。ここにこぎ着けるまでにはいろいろと苦労があったが、相原さんの手厚いサポートもあり、白報堂の指揮の下、さまざまなクリエイターが集結した。大手メーカーでは採算が取れないと判断されてしまうようなバラエティに富んだタイトルがメインで、新しいゲームに目かないひとひとか朝も早くから大勢来場している。

パウダーブルーのパーカにジーンズ姿の暁斗に合わせ、私もライトイエローのパーカを身に着け、賑やかな音楽があちこちから流れる会場を練り歩いた。

パソコンゲームもあれば、『過去をあなたと』のようにアプリゲームもある。どれもこれも楽しそうで、ついついブース前で足を止め、ゲームに触ったり、クリエイターと話し込んだりもした。

個人がなんの制約もなく自由に創るインディーゲームだからこそ、新鮮な魅力がぎゅっと詰まっている。

「こんなにおもしろいゲームがあるなんて、夢のようだよ。ここに泊まりたいぐらい」

「暁斗さんだったら寝ずにプレイしそうだな」

くすくす笑いながら彼の隣を歩く。『過去をあなたと』のブースは会場の一番奥だ。

途中何度も寄り道をしながら、ゴールを目指して進んでいく。さながら、ゲームのようだ。

色とりどりのバルーン、各ブースの思い思いのデコレーションも楽しい。

暁斗さんと歩む道はけっして平坦ではないはずだ。けれど、互いにまだまだ伸びしろがある。

彼は大学卒業後、カフェ『雲』でのバイトを続けながら、ゲームクリエイターとして歩んでいくことを決めていた。『過去をあなたと』の評判は上々で、収益も見込めると判断したのだ。

私はといえば、この三月で建前上のワーキングホリデーが終了するが、相原さんの後押しもあって、四月からは新たに白報堂の契約社員として働く段取りになっている。

いかようにも変わっていける未来を思い浮かべて微笑み、ひときわ賑わっているブースに目を留め、暁斗さんの肩を軽く抱き寄せた。

「あそこがあなたの物語の始まりだ、暁斗さん」

「アルフォンスさんと創ってきた道だよ。一緒に行こう」

確かな足取りで、ブースへと向かう暁斗さんのあとを追いかけた。

行く手には、暁斗さんの才能を最大限に詰め込んだ作品で盛り上がるひとびととの歓声が待っている。

そこから始まる未来には幾通りも、幾千万通りものエンディングが。

あとがき

こんにちは、またははじめまして、秀香穂里《しゅうかおり》です。寒い毎日が続きますが、いかがお過ごしでしょうか？（この本が出るのは二〇二三年一月末頃です）
わたしはおととし、寒さに負けてこたつを買いました。それを狭い仕事部屋に置き、ノートPCで仕事していたんですね。いや～、こたつを考案したひと天才……こたつで食べるアイス最高……原稿はまったく進まない……。
というわけで、あっさり次の冬はこたつを出さず、これまでどおりデスクに向かっています。たぶんこれからもっと冷え込んでいくと思うので、手足をぽかぽかにしながら頑張ります！
さて、今回はほんとうに久しぶりのゲーム業界が舞台でした。この業界を書くのは、キャラ文庫さんで出していただいた「くちびるに銀の弾丸」「艶めく指先」以来ではないでしょうか。あの頃とは大きく変わったゲーム業界。家庭用コンシューマー機はかなりすくなくなった反面、パソコンで遊ぶゲーム、そしてスマートフォンで遊ぶゲームが劇的に増えましたよね。とりわけ、スマートフォン用のゲームアプリは毎日なにかしら一本、新作が上がるほどのペースです。いまや誰でも持っているスマートフォンでわたしもプレイしますが、動画や映画を観ることが多いかもしれません。目がしぱしぱしぱします（笑）。

この本を出していただくにあたり、お世話になった方々にお礼を申し上げます。

特別なきらめきを感じられるイラストで飾ってくださった、北沢《きたざわ》きょう先生。久しぶりにご一緒できて、とても嬉しかったです！

純粋なうえにしっかりした芯《しん》がある暁斗《あきと》、そして品格のあるアルフォンスと、対照的なふたりを見せてもらうことができて、ラフの時点からうきうきしてしまいました。仕上がりをこころから楽しみにしつつ、お忙しいところご尽力くださったことに感謝を申し上げます。ほんとうにありがとうございました。

担当様。毎回お手を煩わせてひやひやしています……申し訳ないかぎりですが、精進して参りますので、今後ともよろしくお願いします。

そして、この本をお手に取ってくださった方へ。最後までお読みくださり、ありがとうございました……！　そういえば、「～弾丸」も攻め視点だったことをいま思い出しました。今回のアルフォンスならではの愛情表現、すこしでも気に入っていただけたら嬉《うれ》しいです。暁斗も最初はもうちょっとおとなしかったのですが、担当さんと相談した末に、二面性がありつつも、夢をひたむきに追っていく子となり、個人的にも好きです。

ぜひ、ご感想を編集部宛にお聞かせくださいませね。こころの糧にいたします。

それでは、また次の本で元気にお会いできますように！

この本を読んでのご意見、ご感想を編集部までお寄せください。

《あて先》〒141-8202 東京都品川区上大崎3-1-1 徳間書店 キャラ編集部気付
「オタク王子とアキバで恋を」係

【読者アンケートフォーム】
ＱＲコードより作品の感想・アンケートをお送り頂けます。
Ｃｈａｒａ公式サイト http://www.chara-info.net/

■初出一覧
オタク王子とアキバで恋を……書き下ろし

Chara

オタク王子とアキバで恋を

……【キャラ文庫】

2023年1月31日　初刷

著者　秀　香穂里
発行者　松下俊也
発行所　株式会社徳間書店
〒141-8202　東京都品川区上大崎 3-1-1
電話　049-293-5521（販売部）
03-5403-4348（編集部）
振替　00140-0-44392

印刷・製本　図書印刷株式会社
カバー・口絵　近代美術株式会社
デザイン　おおの蛍（ムシカゴグラフィクス）

ISBN978-4-19-901088-0

秀香穂里の本

好評発売中

[脱がせるまでのドレスコード]

イラスト✦八千代ハル

脱がせるまでのドレスコード
Presented by Kaori Shu
秀 香穂里
イラスト◆八千代ハル
すさまじい情熱と才能を持つ、
貴方にはどうしても逆らえない——
キャラ文庫

入社したての僕が、トップデザイナーのアシスタントに大抜擢!? 突然の辞令に驚愕する新入社員の朝陽《あさひ》。界の頂点に君臨するデザイナー・華宮《かみや》から、「試用期間は半年——その間に私の下で成果をあげろ」と厳しく言い放たれてしまう。デザイン素人の自分が選ばれた理由がわからないまま、華宮の挑発に奮起した朝陽は、華宮の手足となって奔走するが!? 傲慢な男に振り回される、溺愛新人教育♡

秀香穂里の本

好評発売中

「ドンペリとトラディショナル」

イラスト◆みずかねりょう

営業トークが苦手で、清潔感はあるけれど地味で接客下手——営業成績に伸び悩む高級ブランドの店員・涼《りょう》。ある晩、新宿の路地裏でカリスマホストのコウと激突!! その瞬間、二人の体が入れ替わってしまう!! 仕方なく互いの店で働くことにするけれど、「俺のナンバー１の座は死守しろよ!!」平然と発破をかけるコウに、涼は蒼白。さらに体が元に戻るまで、コウの部屋で同居することになり!?

秀香穂里の本

秀香穂里
イラスト　高城リョウ
高嶺の花を手折るまで
おまえの目に俺はどう映ってる？
俺が欲しいとは思わなかったか――？
キャラ文庫

好評発売中

[高嶺の花を手折るまで]

イラスト✦高城リョウ

再会した初恋の相手は、今や大ブレイク中の人気俳優!?　人間関係で会社を辞め、バイト三昧の宗吾《そうご》。そこに現れたのは、昔片想いしていた親友・行成《ゆきなり》だ。中学卒業から音信不通だった行成との、突然の邂逅に驚愕!!　俺と違って夢を叶えた行成は凄い――宗吾は笑顔の裏で、恋心と劣等感を必死に隠す。そんな折、アパートが出火!!　呆然とする中、「俺の所に来い」と、行成になぜか強引に誘われて!?

秀香穂里の本

秀香穂里
イラスト◆金ひかる
恋に無縁なんてありえない
Koi ni Muen nante Arienai
Kaori Shu Presents
「こんないやらしい身体で、
恋とは無縁だなんてよく言えましたね?」
キャラ文庫

好評発売中

「恋に無縁なんてありえない」

イラスト✦金ひかる

いくら有能で上司の覚えが良くても、結婚しないと一人前じゃない!? 女性が苦手で恋愛経験がないことに悩んでいた商社マンの深澤《ふかざわ》。思い余って占いサイトに相談すると、つかさと名乗るサイト管理者から親身な返事が!! しかもやりとりを続けるうちに「直接会いませんか」と誘われてしまった!? 半信半疑で赴くと、人目を惹く派手な容貌の年下の青年——アプリ開発会社に勤める八《や》神《がみ》司《つかさ》が現れて!?